눈 숲으로의 초대

눈 숲으로의 초대

양수덕 소설집

차례

눈 숲으로의 초대   009

바람이의 겨울   041

폭설   059

눈사람 엄마   079

선물   097

시골길   115

눈 수저   135

천 개의 손   153

첫눈   171

서른아홉의 등불   189

작가의 말   206

눈 숲으로의 초대

그가 산속으로 빨려 들어간 일은 단지 눈의 유혹 때문이었다. 언젠가 한 번 눈이 오는 때 깊은 산골에서 한 며칠 숨은 듯이 있고 싶은 그의 염원이 비로소 이루어진 것이었다.

　그는 버스에서 내린 지 한참 만에, 고개 수그리고 앉아 있는 몇 안 되는 산골 집들을 지나 깊은 산으로 들어가고 있었다. 앞이 보이지 않을 정도로 퍼붓는 눈은 이미 내린 눈 위에 더욱 두툼한 눈의 서사를 입히는 중이었다. 그는 그것을 보면서 태백산 줄기가 눈의 신화로 탄생하는 것이라고 생각했다.

　'살아오면서 이런 광경을 몇 번이나 보았나? 아니, 그 눈의 축제에 한 번이라도 끼어 보았는가?'

　그는 지금까지 살아온 날들의 메마름을 떠올리며 자신이 지금 눈 오는 산속에 있다는 것이 믿기지 않았다.

서울 변두리의 잊힌 작은 사진관을 일 년에 단 며칠도 놓지 못하고 살아온 그로서는 생각할 수도 없는 일이기 때문이었다. 언제부터인지 그는 자신이 말할 수 없을 정도로 어두워지고 있다는 것을 느꼈다. 내버려 둔 사과가 절로 갈변이 되어 가듯이 마음이 그렇게 흘러가고 있음을.

'사진사는 눈부신 조명 아래 사람이라는 피사체가 잘 찍힐 수 있도록 순간의 미학에 최선을 다하고 피사체는 최선을 다해 미소를 지을 뿐, 사진관을 나가면 사람들은 그리 미소 지을 일도 웃을 일도 없는 것. 세상의 즐거움이라는 것이 한 시간이라도 지속되는 것인가?'

그런 기분에 휩싸인 채 그가 카메라를 들이대면 숨 쉬고 있는 피사체가 순간 해골로 보이는 느낌이 들었다.

더구나 그는 겨울이면 꽃나무 하나 없이 눈도 내리지 않는 황량한 바깥 풍경에 짓눌려 견딜 수가 없었다. 겨울이 싫었다. 눈이라도 와야 했다. 도심에서 어쩌다가 잠깐 내려 흔적도 남기지 않고 사라지는 눈은 갈증만 줄 뿐이었다.

눈 숲을 걸으면서 눈에 묻히는 일이 얼마나 편안하고 감동적인지, 말로 표현할 수 없을 만큼 충족감이 그의 가슴을 메우기 시작했다. 눈송이 하나하나가 행복의 입자였다. 행복이 무언지 모르고 살아온 그가 감히 행복이라는 단어를 떠올렸다는 사실만으로도 그를 둘러싼 푸석푸석한 공기가 다 물러가는 듯했다.

'눈을 사랑하는 사람, 눈의 발걸음에 실리는 사람, 눈의 나라에 들어가고 싶은 사람.'

그는 자신에게 주문을 걸면서 눈의 깊이에 빠지고 있었고 하늘에서 땅으로 내려오는 거룩한 눈의 여정을 지켜보았다. 땅에 대한 호기심이 많은 눈은 하늘로부터의 여행을 더욱 유쾌하게 즐기는 것 같았다. 땅의 온갖 더러움을 깨끗한 발로 덮어 주는 일 또한 상쾌할 수밖에 없는 눈의 사명감이라고 그는 생각했다.

그는 눈에 대한 생각을 이어가며 하늘을 보았다. 내려오는 눈이 고리가 되어 마음만 먹으면 그 고리를 잡고 하늘로 올라갈 수 있을 것 같았다.

'이제 눈의 나라에 들어가는 일만 남았구나.'

그는 미소를 지으며 산을 헤쳐 갔다. 눈 말고는 집의 흔적이나 사람 냄새가 닿지 않아서 아득한 마음이 들기도 했지만 걷는 걸 멈출 수는 없었다. 배낭에는 물과 먹을거리, 몸을 둘둘 말 수 있는 포근한 침낭이 있으니 어둡기 전에 아늑한 곳을 찾아서 텐트를 치려고 생각했다.

발길 닿는 대로 걷다가 갑자기 연기 냄새 같은 것이 흐릿하게 잡혔다. 그는 냄새가 나는 쪽으로 발길을 옮겼다. 그러자 눈앞에 자그마한 흙집이 동화 속 오두막처럼 나타났다.

'이 깊은 산중에 무슨 집일까? 허깨비를 본 건 아닐까?'

그는 호기심이 나서 흙집으로 다가갔다. 그곳에 가 보니, 육십 대 초반쯤 돼 보이는 남자가 마당에서 장작을 패고 있는게 보였다. 그는 깊은 산중에 사람이 산다는 것이 반가워 다가가서 인사를 꾸벅 했다.

"안녕하세요?"

주인 남자는 깜짝 놀라 머리를 쳐들었다.

"아니, 누구시오? 이 오지에 웬 분이신가?"

"지나가는 사람입니다. 눈 구경하려고 이 산골에 왔습니다."

"허— 그러시오? 여기가 눈이 많이 오긴 하지요. 근데 어디서 묵을 건지…… 이 근처에는 다른 집이 없어요."

"아, 네. 캠핑을 하려고요."

주인 남자는 잠시 생각을 하더니 말을 이었다.

"추울 텐데…… 괜찮다면 우리 집에 묵어도 돼요."

그는 따뜻하고 편안한 잠자리를 떠올렸다. 그러면서 멋지게 펼쳐질 캠핑과 아늑하고 동화 속 같은 흙집을 저울질하다가 왠지 흙집에 끌려 대답했다.

"그럼, 며칠 여기서 묵어도 될까요?"

"그렇게 하시오. 이 심심산골에 날이 어두워지면 오도 가도 못할 거요."

그 말을 하자마자 주인 남자는 방문을 두드리며 말했다.

"나와 봐요. 손님이 왔어요."

이어 방문이 열리고 주인 남자의 아내가 나왔다.

"무슨 일이에요?"

"우리 집에서 며칠 있으면서 산골의 눈 구경을 하려는 사람이오."

주인 남자는 아내의 얼굴을 쳐다보았고 그의 아내는 별로 마음이 내키지 않는 일이라는 듯한 표정을 지으며 말을 했다.

"글쎄요. 방이 하나 있기는 한데…… 밥은 어떻게 하실 건지……"

"빈방이 있으시다니 좀 빌려주시면 고맙겠습니다. 방값은 제가 알아서 넉넉하게 드리겠습니다. 밥은…… 제가 먹을 게 좀 있어요."

주인 남자가 한마디를 더했다.

"누추하지만 편안히 쉬었다 가시오. 밥은 우리도 먹으니 숟가락만 하나 더 놓으면 됩니다. 된장찌개 뿐인데 좋도록 하시오."

그는 진심으로 고마워하면서 인사를 깍듯이 했다.

"정말 감사합니다. 따뜻한 분들 때문에 이 멋진 산골에 머물게 되네요."

주인 남자는 그를 빈방으로 안내했다.

"이 방은 서울에 사는 아들이 오면 쓰는 방인데 편안히 쓰시오. 지금은 차갑지만 장작을 때면 곧 따뜻해질 거요."

그는 곧 방으로 들어갔다. 제일 먼저 눈에 들어온 것은 눈 사진들이었다. 벽에 붙인 크고 작은 눈 풍경 사진들이 빈방의 고요함을 더욱 하얗게 빛내고 있었다. 사진이나 눈 풍경 그림들이 하나의 주제 안에서 꿈을 꾸고 있는 듯했다.

그는 방의 주인공이 자신처럼 눈을 굉장히 좋아하는 사람이라는 것을 알 수 있었다. 아마 자신보다 더 눈에 열광하는 사람일 것이라는 생각이 들었다. 오지에서 만난 이런 묘한 인연이 놀랍고 신기했다. 아주 정갈하게 꾸며진 방에는 정작 주인공의 사진은 보이지 않았다.

그는 따뜻해진 잠자리에 누웠다. 등허리에 몰려오는 온기는 오래 투덕투덕 들러붙은 몸과 마음의 굳은살까지 녹이는 것 같았다. 그는 눈이 오는 깊은 산속의 분위기에 빠져 되도록 잠을 자지 않으려고 버텼다. 그러다 눈에 열광하는 그 방 주인공에 대한 상상을 이어 갔고 주어진 며칠간 눈의 축제를 기꺼이 즐기겠다고 다짐하다가 어느덧 잠이 들었다.

아침의 기운이 방으로 스며들었고 그는 눈을 떴다. 밝아진 빛의 손사래로 그는 거뜬하게 일어났다. 밖으로 나오니 눈은 그쳐 있었다. 그는 마당에 놓인 물통 안의 쌓인 눈으로 세수를 했다. 그때 주인 남자의 아내가 부엌에서 말했다.

"여기 따뜻한 물이 있으니 세수해요. 곧 밥 먹을 거요."

"눈으로 세수하니 참 기분이 좋습니다."

세 사람은 아궁이의 장작불이 이글거리는 부엌에서 함께 아침을 먹었다. 그는 아침 식사를 끝내고 방으로 들어가 산행 준비를 하고는 마당으로 나왔다. 그때 주인 남자가 다가오더니 한 마디 했다.

　"오늘도 눈이 많이 올 것 같은데 조심해 다니시고, 점심 먹기 전에 돌아와 함께 식사합시다."

　"네, 잘 알겠습니다. 걱정 마십시오."

　그는 길을 떠나면서 눈이 오기를 간절히 바랐다.

　'눈은 내릴 때가 제일 좋은 것이다.'

　눈은 순간의 미학이라고 생각했다. 눈이 내리는 모습이야말로 더없이 아름답고 감동적이며 그것이야말로 눈의 축제라고. 회색빛 세상을 지워 새로 탄생한 그 하얀 빛을 마주하는 기쁨을 벅차게 느낄 수 있을 뿐 아니라 눈 위에 자신의 발자국을 선명하게 남기는 즐거움도 맘껏 누리고 싶었다.

　그는 눈 숲으로 향했다. 내리는 눈에 목말라하고 있을 때 마침내 눈이 내리기 시작했다. 기다리고 기다렸던 그를 위해서 눈들이 하늘 길을 타고 서둘러 내려오는 듯했다. 그는 눈을 맞으며 말할 수 없는 기쁨과 풍요로움으로 가슴이 벅찼다. 그의 소리 없는 탄성이 허공을 울렸다. 이 장면이 영원히 이어지기를 바라는 것처럼 그는 마음을 환하게 열어 눈을 맞이했다.

그는 점점 더 눈의 깊은 정서에 빠지고 있었다. 숲에는 눈살을 붙인 나무들이 빽빽하게 그를 맞이했다. 함박눈이 어느새 하얀 빛의 향연을 펼쳤다. 그리고 어디가 어디인지 알 수 없을 만큼 눈은 천지를 새하얗게 뒤덮었다. 신비한 눈의 나라로 들어가는 문들이 나무와 나무 사이에 있는 듯했다. 보이지는 않지만 그렇게 느낄 만큼 그가 발을 디딜 때마다 다른 세계로 빠져가는 기분이었다.

그가 나무 사이를 비집고 들어갔을 때 눈앞에 무언가 스치고 지나가는 게 있었다. 그가 보니 하얀 여우였고 놀라서 가던 발걸음을 멈추었다. 하얀 여우는 그를 보더니 말을 했다.

"반가워요."

그는 여우가 말을 하는 걸 알고 너무 놀랐으며 자기를 해칠까 봐 뒤로 물러났다. 그런데 가만히 보니 온통 눈으로 만든 여우였다. 눈여우가 말을 이었다.

"사람도 아닌데 말을 해서 놀랐지요? 이 나라에서는 모두가 말을 해요."

"말을? 어떻게? 내가 어떻게 이런 이상한 곳에 들어왔나?"

"그러니까 당신은 행운이지요."

"여우야, 어떻게 된 건지 말해 줄 수 있니?"

"때가 되면 알게 돼요. 여기에 있는 모든 것들은 다 눈으로 되어 있어요. 여기에 함정이 있는 거예요."

"음, 모두가 눈으로 만들어졌다니 정말 신기하구나. 그럼 눈이 녹으면 너도 사라지니?"

눈여우는 급히 말을 받았다.

"그런 슬픈 말을 하면 안 돼요. 더 이상……. 왜냐하면, 음 음, 왜냐하면……"

"슬픈 말이겠지 너한테는. 그래 더 이상 안 할게."

눈여우는 안심이라는 듯 짧게 한숨을 쉬었다.

"당신은 앞으로 여기에 사는 모든 것들을 만날 거예요. 누굴 만나든 상대가 슬퍼할 말은 안 하는 게 좋아요."

"알았어. 잘 생각해 보고 말할게."

"그럼 난 갈 거예요. 즐거운 여행 되세요."

"그래 고맙다."

그는 눈여우가 사라진 쪽을 잠시 지켜보다가 발길을 옮겼다. 눈은 쉬지 않고 내렸고 그는 자신이 대체 어디에 온 건지 이상하고도 이상하다고 생각했다. '내가 무엇에 홀린 것인가?' 아무리 생각해도 알 수 없었다. 다만 그 좋아하는 눈이 오고 있다는 현장감만이 생생하게 느껴졌다.

그때 그의 눈에 띈 것은 다리였다. 다리를 건너려 하다가 눈으로 만든 다리라는 것을 알고는 멈칫했다. 건너다가 잘못하면 무너질지도 모르겠다는 생각을 하고 있을 때 말소리가 들려왔다.

"당신이 나를 건너가도 안 무너지니 건너가세요. 그냥 조용히요."

그는 다리가 말을 하는 게 너무 신기하고 놀라워 몸이 굳는 것 같았다.

"많이 놀라시는군요. 당신은 무슨 마법에 걸린 게 아니라 특별한 나라로 들어온 거예요. 우리는 어느 누구와도 대화할 수 있어요. 마음을 읽으니까요."

"그런가? 참 신기하네."

"하하하. 당신에게는 신기한 일이겠지만 내가 눈길 한 번 준 것뿐인데요."

"그런데 정말 너를 밟고 지나가도 되겠어? 튼튼해 보이지 않는데 말이야. 말하자면 금세 무너질 것 같아서……"

"쉿, 말조심하세요. 자꾸 의심하면 정말 내가 무너질지 몰라요. 그러면 당신은 계곡의 험한 물을 건너갈 수 없어요. 이왕 이 나라에 왔으니 구경이라도 해야 하잖아요."

"그래 네 말이 맞다. 물 건너 산 너머 가는 데까지 가 봐야지. 참 고마운 다리구나."

"헤헤, 제 역할이 좀 돋보이죠? 세상의 다리들은 모두 공덕을 쌓고 있지요. 누구나 다 다리가 될 수 있는 거예요. 당신도요."

"그래. 나도 누군가의 쓸만한 다리가 되었으면 해. 생전 처음으로 이런 기특한 생각을 다 하네."

그는 눈다리를 힘차게 건너갔다. 눈 위에 그의 발자국만 남았을 뿐 눈다리는 조금도 헐어진 흔적이 없었다. 그는 발길 닿는 대로 걸음을 옮겼다. 가만히 보니 나무들도 하나같이 눈으로 만들어져 있었다. 그러나 그 섬세하기가 실물과 똑같았다.

'정말 여긴 뭐든지 눈으로 돼 있나 보네.'

그는 잠시 쉬어가려 나무 밑에 앉았다. 키 큰 나무들 사이로 작은 나무가 보였다.

'나무들이 서로 섞여 사는 게 인간 세계와 다를 게 없지. 그렇지만 키 큰 나무가 작은 나무를 우습게 보진 않겠지. 키가 작다고 작은 나무가 불평을 하는 것도 아닐 테고.'

그때 말소리가 들려왔다.

"맞아요. 우린 인간들 하고는 달라요. 키가 크고 작고, 돈이 있고 없고, 아 참, 우리에게 돈은 쓸모가 없지? 하하, 힘이 세고 안 세고…… 뭐 이런 건 아무 문제가 안 돼요. 인간은 우리 나무들에게 배워야 해요."

"그렇구나. 인간들이 나무만도 못 하구나."

작은 눈나무는 말을 이었다.

"당신이 키 큰 나무들 사이에 낀 나를 보고 순간 부정적인 생각을 했을까 봐 아까는 놀랐어요. 그건 우리에게 치명적이지요."

"아, 그런가? 근데 알 것 같기도 하면서 잘 모르겠네."

"그럴 거예요. 나중에 확실히 알게 되겠지요."

"그렇게 될까?"

"그럼요. 안녕히 가세요."

"그래. 고맙다."

그는 일어나 다시 걸었다. 걷다 보니 어디선가 그윽한 꽃향기가 피어나는 듯했다. 그는 사방을 두리번거리다가 눈꽃을 발견했다. 눈으로 빚은 꽃송이가 탐스럽게 피어나 향기를 뿜 올리고 있었던 것이다.

'눈으로 만든 꽃인데 향기는 진짜 꽃과 똑같네.'

그는 가까이 가서 코를 대어 향기를 맡아 보았다.

'기가 막히게 달콤하고 상긋한 꽃 냄새—'

그는 한 송이를 꺾어서 여행길에 꽂고 다니려 했다. 그때 가늘지만 또렷한 목소리가 들려왔다.

"안 돼요. 나를 꺾으면 안 돼요."

그는 너무 놀라 뒤로 물러섰다.

"얘도 말을 하네."

"네, 우리는 다 그래요. 여기는 아주 특별한 곳이니까요. 당신이 나를 꺾겠다는 마음이 내게 전해졌어요. 그래서 깜짝 놀랐지요. 여기서는 아주 드문 일인데요. 당신 같은 낯선 사람이 무서워요."

"그래, 사과하마. 너무 아름다워서 그랬으니 용서해 주겠니?"

"그럼요. 처음이니까 용서해 줄게요. 당신은 여기서 배워야 돼요."

"음, 그래. 내가 꽃보다 못 하네."

"호호호. 그런 뜻은 아니고요, 사람들은 다른 생명들에게 너무 무심하다는 얘기지요."

"그래, 이참에 나를 돌아보아야겠구나."

"그래도 당신이 이 나라에 들어온 걸 보면 다른 사람들보다는 착하기 때문이에요. 거의 누구든 이 나라의 문턱에 걸리지요. 무엇보다 눈을 좋아하기에 행운을 얻은 거예요."

"하하하. 난 사실 겨울이면 마음이 아주 우울해지고 삭막해져. 그런 내가 이렇게 눈 세상에 왔으니 그것만으로도 말할 수 없이 즐거워. 충족감이랄까? 행복이라는 단어가 내 몸과 마음에서 춤을 추는 듯하네."

"당신의 그런 마음이 느껴져요. 여기서는 마음과 마음이 전해져 서로를 깊이 이해하게 돼요. 드물기는 하지만 간혹 여기 질서를 깨뜨리는 이들도 있고요."

"아, 그렇구나. 이제 내가 어디로 가야 할까? 가볼 데가 더 있나?"

"당신은 겨우 이 나라의 입구에 겨우 들어왔을 뿐이에요. 더 가다 보면 여기의 모든 걸 볼 수 있어요."

"그래. 거 참 재미있겠구나."

"당신을 만나 반가웠어요. 부디 행운을 빌게요."

"응. 눈꽃아 고마워."

그는 눈꽃을 지긋이 쳐다보다가 다시 발길을 돌렸다. 눈은 하늘에서 곧은 걸음으로 사뿐히 사뿐히 땅을 밟고 있었다. 바람 한 줄기 없는 고요하고 포근한 눈 숲에서 그는 마음이 더없이 따뜻해지는 걸 느꼈다. 그는 하늘을 올려 보다가 여기저기를 둘러보며 눈 숲의 아름다움을 깊이 들이마시며 걷고 있었다. 그러다 돌부리에 걸려 넘어졌다.

'아이고, 아파라. 하마터면 크게 다칠 뻔했네. 하필 돌이 여기 있을 게 뭐야. 그런데 이것도 눈으로 만든 건가 보네……'

그의 발밑에는 꽤 큰 돌이 눈의 부드러운 촉감으로 숨을 쉬고 있었다. 그때 낭랑한 목소리가 그의 귓가에 맴돌았다.

"맞아요. 우리들 돌의 몸도 눈이지요."

"눈이야? 그런데 단단하잖아."

"네. 그렇지만 돌의 속성은 그대로예요."

"아, 그러니? 참 신기하구나."

"그런데 당신은 잘못 말한 거예요. 가슴이 좀 아팠어요. 당신이 용서를 구한다면 금세 괜찮아질 거예요."

"응? 내가 무얼?"

"우리는 늘 여기에 있어요. 태생 그대로의 집에서요. 아무도 내 집을 옮길 수 없어요. 당신이 나를 보지 않았기에 넘어진 거지 내 잘못은 아니지요. 그러니 당신이 나를 탓하거나 내가 사는 곳을 못마땅하게 생각한다면 내가 무너질 수밖에요."

"그러니? 난 몰랐으니까. 정말로 사과할게. 미안하다 눈돌아."

"헤헤. 당신 마음이 느껴지니 금세 괜찮아지네요."

"난 정말 많이 모자라는 사람이구나. 적어도 여기에서는 말이지, 하하하."

"당신에게는 아주 재미있고도 이상한 곳일 테지요. 하하하."

"그래. 맞는 말이야. 그러나 난 너무 행복하구나. 이렇게 고요하고 멋진 눈의 나라에서 내가 미처 깨닫지 못했던 것들을 여기 와서 알아가니 말이지."

"어서 가 보세요. 그리고 다시는 넘어지지 마시고요."

"알았다. 고마워 눈돌아."

그는 기분이 더없이 좋아서 날아갈 것만 같았다. 눈나무들의 빽빽한 숲길을 한참 걷다 보니 눈을 의심할 수밖에 없는 광경이 펼쳐졌다. 멀리 커다란 마을이 펼쳐져 있고 지나다니는 사람들이 보였다. 예쁜 집들과 사람들도 다 하얀 눈옷을 입은 것 같아 더욱 놀랐다. 눈 덮인 멋진 크리스마스카드를 보는 것 같았다.

그때 그의 앞에 개가 한 마리 지나가고 있었다. 역시 눈으로 만든 개였다. 그런데 자세히 보니 귀 하나와 꼬리가 없었다.

'기형인가 보네. 쯧쯧. 그런데도 살고 있으니……'

이런 생각에 젖어 있는데, 때맞추어 개가 말을 했다

"안녕, 당신 같이 얼룩덜룩한 사람은 처음 봐요."

"응? 얼룩덜룩? 아, 여기는 흰색 나라니까 내가 낯선 손님이구나. 하하하."

"네 맞아요. 여기는 모두가 다 하얗지요. 당신 때문에 우리의 눈이 지저분해지겠어요."

"그럴지도 모르겠네. 하지만 난 여행을 온 거야. 다시 돌아가니까……"

"아까 저 보고 기형이라 생각했지요?"

"아니, 뭐, 그냥 처음 봐서."

"헤헤. 처음 보겠지요. 전 유기견이에요. 원래는 저도 한 가정에서 사랑받는 가족으로 살고 있었어요. 그러다가 집안에 일이 생겼어요. 저를 더 이상 키우기가 힘이 들어 저를 버리기로 한 거지요. 저는 많이 슬펐지만 가족들의 마음을 알고 있기에 스스로 집을 나와 버렸어요. 마음의 상처로 제 몸의 일부가 무너졌어요. 내 이름을 더 이상 못 들으니 귀 하나가 없어지고 꼬리를 칠 일이 없어서 꼬리가 사라졌어요. 누군가 저를 입양한다면 다시 제 본 모습을 찾게 되겠지요."

"네 말을 듣고 보니, 참 안됐구나. 내가 어떻게 도울 수 있겠니?"

"당신이 할 수 있는 게 뭐가 있을까요? 따뜻한 말만 들어도 좋네요. 제가 운이 좋으면 소원이 이루어질 거예요."

"그래, 꼭 그렇게 될 거야."

"고마워요. 즐겁고 재미있는 여행이 되세요."

그는 유기견을 떠나보내고 다시 발길을 재촉했다. 마을이 보이기에 지체할 이유가 없었다. 갖가지 모양의 멋진 집들이 하얀 설탕을 뒤집어쓴 것처럼 달콤하게 느껴졌다.

마침내 마을에 닿자 그는 평화로운 분위기에 압도 당했다. 그것은 어떤 말로도 표현할 수 없는 행복의 한 마당이라는 생각이 들 정도였다.

집들과 사람들은 하나같이 하얀 눈옷을 입었고 그들의 물건들 또한 눈의 피부가 입혀진 것 같았다. 지나가는 사람들이 그를 보고 미소를 지었다. 그도 자연스럽게 미소를 나누었다. 아무도 그를 경계하는 사람이 없었다. 낯선 자신을 꺼려 하지 않을까 하는 작은 염려조차 그에게서 사라져 버렸다.

잔잔한 말소리가 들려왔다. 젊은 엄마와 딸아이가 길을 걸으면서 나누는 말이었다.

"엄마, 저런 얼룩덜룩한 사람은 처음 봐요. 참 이상하게 생겼어요."

"음, 낯선 사람이 여기에 왔구나. 이상하게 보이지만 무서운 사람은 아니니 괜찮아. 엄마는 본 적이 있지."

"엄마가 봤어요? 언제요?"

"호호. 네가 태어나기 전에……"

그는 이곳에 자신과 같은 사람들이 온다는 것을 알았다. 그는 여기저기를 기웃거렸다. 모든 게 눈으로 만들었을 뿐 인간 세상처럼 잘 돌아가고 있는 모습을 구경하면서 지극히 자연스러운 느낌을 받았다.

그는 출출한 느낌이 들어 음식점을 찾았다. 그때 그가 제일 좋아하는 스파게티를 파는 음식점이 눈에 들어왔다. 그는 음식점으로 들어갔다. 그곳의 벽과 식탁과 테이블 등 모든 것들이 눈의 포근함으로 그를 반겼다. 몇몇 사람들이 식사를 하고 있었고 주인인 듯한 여자가 그에게 다가와 말을 붙였다.

"어서 오세요. 특별한 손님이 오셨네요."

주인 여자는 그를 테이블로 안내했고 메뉴판을 그의 앞에 놓고 가더니 조금 지나 다시 왔다.

"무얼 드시고 싶으세요."

"해물 스파게티 좀 주세요. 근데 이런 돈도 받나요?"

그는 주머니에서 지폐를 꺼내 보여 주었다.

"호호호. 그 돈은 여기선 쓸모가 없어요. 귀한 손님이시니 그냥 대접할게요."

"아, 네, 고맙습니다."

잠시 후 주인 여자는 김이 모락모락 나는 스파게티를 가져왔다. 그런데 스파게티가 온통 눈으로 입혀져 있었다.

"이것도 눈옷을 입었네. 하하하, 여기선 먹는 것까지 눈으로 되어 있네요."

"네. 그렇지만 스파게티 맛은 그대로예요."

"저어, 이 나라를 다 구경하려면 시간이 얼마나 걸릴까요. 늦기 전에 돌아가야 하거든요."

"뭐 여기저기 다 보려면 하루해가 저물지만 점심을 드신 다음 곧장 판사님한테 가보는 게 좋을 것 같아요."

"판사님이요? 무슨……"

"가 보시면 알게 돼요. 이 길을 쭉 따라 산 쪽으로 향하면 막다른 데가 나와요. 거기에 판사님이 사는 성이 있어요."

스파게티를 맛있게 먹고 난 그는 어쨌든 주인 여자의 말대로 길을 나서기로 했다. 멀리 맞은편 끝 쪽에 설산이 보였다. 인간 세계와 하나도 다를 게 없는 사람들 사는 모습을 재미나게 구경하면서 걸었다.

그러다가 지팡이를 짚은 할머니가 힘겨운 걸음걸이로 오는 것이 보였다. 그런데 가까이 다가온 할머니를 보자 너무 놀랐다. 할머니의 가슴 일부가 구멍이 나 있었다.

"할머니, 괜찮으세요?"

"그럼 괜찮지. 얼룩덜룩한 양반, 당신은 손님이군."

"네, 전 여기 구경 온 사람이에요. 그런데 가슴에 구멍이 났는데 괜찮으세요?"

"아, 이거? 방금 집에서 이렇게 된 거야. 몸은 괜찮은데 마음이 좀 아플 뿐이지."

그는 짐작이 갔다. 집안에서 누군가 할머니에게 상처를 준 것이라는 생각이 들었다.

"할머니, 그렇게 사셔도 되겠어요?"

"젊은이, 고맙네. 염려 말게. 애들이 착해서 내가 집에 들어갈 때쯤이면 잘못을 깨닫게 될 거야. 그러면 다시 내 가슴도 메워지지."

"네, 그렇군요. 조심해 다니세요."

"그래, 난 친구 집에 놀러 가. 기분이 좀 풀릴 거야."

그는 할머니와 헤어진 후 다시 발걸음을 재촉했다. 설산이 점점 크게 보이고 마침내 막다른 곳에 이르렀다는 생각이 들자마자 아담한 성이 그의 앞을 가로막았다. 물론 눈옷을 입은 성이었다.

그는 문에 다가갔으나 문지기 하나 눈에 띄지 않았다. 그는 성큼성큼 성의 안쪽으로 들어갔다. 제법 널찍한 마당이 나왔다. 다시 조금 더 큰 성이 맞은편에 보였다. 그쪽으로 향할 때 누군가 다가왔다.

"얼룩덜룩한 손님이군요. 어서 오세요. 아주 잘 오셨습니다."

그는 깜짝 놀라 말을 더듬었다.

"저어, 저…… 파, 판사님이 어디 계신가요?"

남자는 싱긋 웃더니 말을 이었다.

"저를 따라오세요."

그와 남자는 성안으로 들어갔다. 남자는 그를 휴게실로 안내했다. 그는 눈의자에 앉았다. 음식점에서와 마찬가지로 눈의자는 따뜻했고 포근했다. 남자가 다시 오더니 그를 데리고 커다란 방으로 들어갔다.

"어서 오세요."

그는 말소리에 놀랐으나 이내 침착해졌다. 법복을 입은 남자가 미소를 지으며 서 있었고 그를 눈의자로 안내했다. 이어 자신을 데려다준 남자가 방을 나가자 법복을 입은 남자가 말했다.

"가깝고도 먼 데서 오신 손님이네요. 저는 이 나라의 질서를 위해 법을 집행하는 판사랍니다."

그는 마음이 놓이는 듯했다.

"제가 어떻게 여기까지 오게 되었는지 모르겠습니다. 눈이 좋아 산을 찾았고 산골 집에서 하룻밤을 묵은 후 눈 숲에 들어오게 되었습니다. 그런데 이상한 일이 벌어졌어요. 모든 게 다 신기하고요."

"그러실 테지요. 이제부터 당신의 궁금증을 다 풀어드릴게요."

"아, 네."

"놀라실 거예요. 음 음, 저는 당신이 묵었던 산골 집의 아들입니다."

판사의 말을 듣고 그는 크게 놀랐다.

"아, 네……"

판사는 다시 말을 이어갔다.

"저는 눈을 매우 매우 좋아합니다. 당신도 제 방에 붙여 놓은 눈 사진과 그림들을 보았겠지요. 저는 집안의 꿈이자 기둥이었습니다. 저의 부모님은 저를 법조인으로 만들려고 있는 돈 없는 돈을 들여 공부를 시켰고 저는 대학을 나와 고시 공부에 매달리면서 부모님이 계시는 산골 집에 파묻히게 된 거지요. 그러나 고시에 붙지 못한 채 세월만 흘러갔습니다."

판사의 말에 그는 고개를 끄덕거리며 귀를 모았다.

"당신과 마찬가지로 제게 우울증이 왔습니다. 그나마 겨울이면 눈이 많은 이 산골에서 눈을 바라보며 위로를 받았습니다. 무한한 상상의 이야기들이 눈 숲에 존재하는 것 같은 생각이 들었습니다. 그날은 유난히 눈이 아주 많이 왔어요. 공부를 하다가 눈이 많이 오는 걸 보고 산책을 하러 눈 숲에 들어갔습니다. 당신처럼 눈 숲에서 행복했고 발길 닿는 대로 한없이 걸어갔습니다. 그리고는 당신처럼 자연스럽게 이 눈의 나라에 들어오게 된 겁니다."

판사는 잠시 지난날을 회상하는 듯하며 말을 끊더니 다시 말을 이었다

"당신이 여기 와서 보고 들은 것들을 저도 이상하게 생각하면서 처음에는 낯선 손님이 되었던 겁니다. 그러다가 자연스럽게 여기의 모든 것을 받아드렸고 어느 때부터 제 역할이 주어지자 여기 시민이 되어 영원히 눈옷을 입게 되었지요."

판사는 가볍게 미소를 지으며 말을 덧붙였다.

"마침 그 무렵 이곳의 행복과 질서를 위해 일을 하는 판사 자리가 비어 있었어요. 원래는 판사가 있었는데 제가 오기 얼마 전에 무슨 비리가 생겨 그만 두었다는군요."

그는 궁금해서 물었다.

"무슨……"

"이상하게 들리지요? 여기 사람들은 하나같이 눈을 좋아하지요. 눈을 좋아하기에 여기에 올 수 있었고 눈처럼 깨끗한 마음을 지닌 사람들이에요. 그렇지만 간혹 그 마음이 변질이 되는 경우가 있어서요. 여기서는 남의 마음을 아프게 하면 신체의 일부가 없어지게 되지요. 그리고 문제 해결이 안 되면 법의 심판을 받게 되어 있어요. 말하자면 공정한 법의 질서로 약자를 보호하게 되는 거지요."

판사는 말에 힘을 주며 이어갔다.

"어떤 노인이 자식에게 학대를 받았는데, 그걸 이웃이 신고하자 학대한 자식이 전의 판사에게 미리 손을 쓴 모양이에요. 참 드물기는 하지만 이런 일이 있었나 봐요. 그런데 발각이 되어 그 판사는 여기에서 영원히 추방되었다 합니다. 혹시 여기까지 오시면서 몸의 일부가 망가진 사람을 못 보셨나요?"

"아, 네, 두 번 봤습니다. 할머니 한 분은 금방 생긴 일이라며 가족에게 희망을 걸더군요. 또 하나는 개였어요. 그런데 동물도 그런가요?"

"네, 그렇습니다. 그 개를 어디에서 봤나요?"

"이 나라의 초입에서 봤어요. 참 착한 개였어요. 주인이 개를 키울 처지가 안 된다는 걸 알고 제 발로 나왔으니까요. 그러나 슬프겠지요. 어서 빨리 다른 사람이 입양을 했으면 좋을 텐데요."

"수색대를 보내 샅샅이 찾아보겠습니다. 아마도 찾게 될 거예요. 그런 뒤 좋은 가정에 보내겠습니다. 제 말을 계속해야겠군요. 제가 법 공부를 어쨌든 많이 했다는 것을 알고…… 하하하, 이 평온한 나라에서는 그리 쓸모가 없는데요. 아무튼 제가 판사가 되어 일 년째 일을 하고 있습니다."

"참 특별한 나라고 특별한 임무가 주어졌네요."

"저는 여기서의 삶이 너무 행복합니다. 일 년 내내 제가 좋아하는 눈이 오고 마음이 깨끗하고 포근한 사람들과 살며 제가 좋아하는 일을 하니까요."

"그렇군요. 저라도 좋을 것 같아요. 그런데 이 나라에도 통치자가 있습니까?"

"없습니다. 그러고 보니 이 나라에 대해 궁금하신 게 많겠군요. 여기 올 수 있는 사람은 눈을 아주 좋아할 뿐 아니라 마음이 어느 정도 정화가 된 사람들이지요. 저쪽 사람들의 일반적인 범죄가 거의 없습니다."

판사는 흐뭇한 미소를 지으며 다시 말을 이었다.

"다만 남의 마음에 상처를 주는 말이나 행동이 여기서는 유일한 범죄가 되는 것입니다. 대체로 여기 사람들은 다들 알아서 잘하고 있습니다."

"아, 네. 참 좋은 곳입니다. 그런데 감옥도 있나요?"

"네, 있습니다. 자신들이 해결할 수 없을 때 제가 형량을 내려 감옥에 가게 합니다. 말하자면 정화를 시키는 기간인 셈이지요. 그런데 상처를 받은 사람이 치유가 빨리 되면 죄를 지은 사람도 빨리 석방이 되는 거지요. 그렇지만 반대일 경우에는 석방이 더 늦어지는 거고요."

"아주 합리적인 것 같습니다."

"그런데 당신은 무슨 일을 하고 있나요?"

"전 사진사에요. 변두리에서 숨은 듯 버티고 있는 사진관을 운영하고 있지요."

"아, 네. 당신이 우울한 이유는 모르겠습니다만 그 마음은 느껴졌습니다. 혹시 여기서 살 생각이 있다면 일을 줄 수 있습니다."

"여기서 살면 저도 행복감을 느끼며 살 것 같습니다. 그러나 저를 기다리는 어머님이 있습니다. 저 하나 바라보고 한 평생을 살아오셨어요. 아쉽지만 지금은 아닌 것 같습니다."

판사는 눈물을 글썽이며 말을 했다.

"저도 여기서 산다는 게 쉽지 않았습니다. 남겨진 부모님 생각을 하면 견딜 수가 없었어요. 그러나 고시에 실패한 채 언제까지나 부모님을 절망의 구렁텅이로 빠뜨리게 할 수가 없었어요. 제가 만약 돌아가면 저나 부모님의 삶이 다 망가질 게 뻔하고요. 그래서 저의 선택은 옳았다고 봅니다."

그도 눈물을 글썽거리며 판사에게 말을 했다.

"그런데 부모님이 여기에 있는 걸 모르잖아요."

"제가 실종이 된 거라 생각하시겠지요. 그러면서 막연히 다시 돌아올 거라는 생각도 하겠지요."

"아, 그것 참⋯⋯"

"부탁이 있는데요. 제 사진을 찍어서 저의 부모님께 보여드리면 좋겠습니다."

"네. 그렇게 하겠습니다. 사진이라면⋯⋯ 제가 솜씨를 내보겠습니다."

"그리고⋯⋯ 편지를 쓸 테니 저의 부모님께 전해 주시면 고맙겠습니다. 불쌍한 저의 부모님을 위해 정말 귀한 분을 만났습니다."

판사는 책상으로 가서 편지를 썼다. 그리고는 그에게 건네주었다.

"자, 이제 당신의 핸드폰으로 제 사진을 찍어주세요."

"네. 법복이 참 잘 어울립니다. 부모님이 굉장히 좋아하실 거예요."

그는 자신의 핸드폰으로 판사의 사진을 몇 장 찍었다.

"그럼 저는 돌아가 봐야겠습니다."

"네. 그러셔야지요. 눈썰매를 부를 테니 타고 가십시오."

"고맙습니다. 여기서의 일을 잊지 못할 겁니다."

"저쪽 나라로 가시면 기분이 한결 좋아질 거예요. 그리고 다시는 여기를 찾지 마십시오. 찾아도 이 나라의 입구가 두 번 다시 열리지 않아요. 왜냐하면 당신은 여기서 살 생각이 없으니까요."

"네. 맞습니다. 매번 얼룩덜룩한 이방인이 구경 오면 여기 사람들이 피곤하겠지요."

주인 부부는 그가 늦도록 오지 않자 걱정이 되었다.

"웬일일까? 날이 머지않아 저물 텐데……"

"글쎄 말이에요. 어떡하지요?"

"우리가 좀 나가 봐야겠어."

"네, 그렇게 하는 게 좋겠어요."

주인 부부는 집을 나섰다. 눈은 그쳤고 날씨는 포근했다. 눈 위에 남겨진 희미한 발자국을 따라 눈 숲으로 들어갔다. 숲은 깊고 말이 없어 주인 부부는 가슴에 무거운 돌덩어리를 얹은 것 같았다. 다만 희미하게 남겨진 그의 발자국 흔적만이 유일한 희망이었다. 얼마나 갔는지 주인 부부가 땀이 날 정도로 힘이 든다고 생각했을 때 나무 밑에 엎어져 있는 그를 보고 크게 놀랐다.

"아이고 이런……"

주인 부부가 그를 흔들며 큰소리를 질렀다.

"이봐, 정신 차려. 정신…… 이보게, 눈 좀 떠 봐."

주인 부부는 안절부절하면서 그를 계속 흔들었다. 그러자 그는 깊은 잠에서 깨어난 듯 눈을 떴다. 어떻게 자신이 이 나무 밑에 와 엎드리고 있는 건지 이상했다. 분명 눈썰매를 타고 눈 나라의 입구까지 왔는데 그 후부터는 기억이 나지 않았다. 꿈을 꾼 건 아니었고 죽음의 세계를 체험한 것도 아니었다. 무엇에 홀리기라도 한 건지…… 아무튼 이상하리만큼 기분이 좋아진 것을 그는 느꼈다. 말로 표현할 수 없는 행복의 느낌이 가슴 한가운데에 자리를 잡은 것 같았다.

그는 일어나 눈 숲의 하얀 공기를 깊이 들이마셨다. 그리고는 눈 나라 방향으로 잠깐 눈길을 돌렸다. 그는 주머니 안에 판사가 준 편지가 있는지 만져 보았고 손에 잡히자 꺼내 펼쳤다. 편지 글이 하얀 눈발처럼 내리고 있었다. 그는 주인 부부에게 편지를 건네주었다.

아버지, 어머니

제가 사라져 얼마나 놀라고 궁금하시겠습니까? 저를 잃은 거라 생각하며 또 얼마나 상심하시겠습니까? 그 생각을 하면 너무나 슬퍼서 견딜 수가 없습니다.

그런데 뒤늦게나마 여기 이 분을 만나 제 소식을 전해 줄 수 있어 얼마나 기쁜지 모르겠습니다. 믿으실지 모르겠지만 저는 눈 나라에 들어와서 잘 살고 있습니다. 저는 여기서 눈을 아주 좋아하는 착한 사람들과 행복하게 살고 있습니다.

그리고 부모님이 그토록 원하시는 판사 일을 하고 보람 있게 잘 살고 있습니다. 이 나라의 법과 질서를 위해 사는 하루하루가 너무나 즐겁고 행복합니다. 더구나 일 년 내내 눈이 오는 멋진 곳입니다.

부모님도 제가 사는 이곳에 오고 싶겠지요. 저도 부모님을 만나고 싶은 마음은 간절하지만 아직은 그럴 때가 아닌 것 같아요. 여기를 찾아볼 생각은 하지 마세요. 찾는다고 찾아지는 게 아니거든요. 제가 언젠가 부모님을 모시러 갈게요. 그때까지 건강하게 행복하게 잘 사셔야 돼요.

이 편지와 함께 이분 핸드폰에 찍힌 제 사진이 있으니 보세요.

아버지 어머니, 사랑합니다.

다 읽힌 편지글이 주인 부부의 손에서 눈으로 바뀌는 것과 동시에 핸드폰 카메라에 찍힌 법복을 입은 주인 아들의 모습이 주인 부부의 가슴에 자랑스럽게 안기고…… 주인 부부가 흘린 눈물이 멀고도 가까운 눈의 나라로 빨려 들어가는 것이었다.

바람이의 겨울

겨울밤이 덩그렇게 솟아난다. 식구들은 다 잠이 들었고 두 귀를 쫑긋 세우는 시간이다. 나는 습관처럼 담장을 흘끗 쳐다본다. 무엇이든 걸리기만 하면 가만두지 않을 듯이. 그러나 이 추운 겨울밤에 일하러 다니는 멍청한 도둑이 있을까 싶다.

겨울바람이 우는 소리가 웅웅 거린다. 이 괴이한 소리가 오늘 따라 내 기분을 몹시 울적하게 한다. 나는 그 어느 때보다 춥고 외롭다.

심심하면 내게 똥을 갈기던 비둘기들도 잠이 들었겠지. 이 집에서 밤에 눈을 부릅뜨고 있는 건 나밖에 없을 것이다.

사실 요즘 거의 내 임무를 흘려버리고 있다. 습관대로 밤에 눈을 붙이지 않을 뿐이다. 마음이 떠난다는 말이 기차 소리를 내며 다가온다. 그 기차를 타고 먼 곳으로 떠나려니 서글퍼진다.

나는 밤이 주는 고요함과 편안함이 참 좋다. 나를 잘못된 상상으로 몰고 가는 이 바람 소리만 아니라면 그럭저럭 괜찮은 밤일 텐데……

혼자라는 느낌은 겨울바람이 우는 소리와 닮았다.

겨울바람이 감춰둔 속울음을 꺼내는 것 같다. 눈앞에 펼쳐지는 지난날, 그동안 여기 와서 혼자 보낸 날들이 절로 털리는 것이리라. 식구들 앞에서 꼬리를 쳐대는 일 뒤에 숨겨진 나의 비화는……

작년 봄 나는 이 집에 왔다. 마당에 들어오니 가지가지 봄꽃들이 화사한 얼굴로 피어나 있었고 잘 손질된 나무들이 나를 반겼다.

그리 크지 않은 마당이지만 손길이 안 간 데가 없을 정도로 예쁘게 꾸며져 있었다. 거기다 여러 마리의 비둘기들이 빨간 지붕을 더욱 예쁘게 장식하고 있었다. 그들은 나를 보더니 환영의 인사를 즐겁게 했다.

"어서 와. 어서 와. 반가워."

나는 반가운 눈길로 그들을 쳐다보았다. 그때 갑자기 비둘기 한 마리가 내 머리 위로 날아와 환영의 선물이라며 똥을 갈겼다.

내 하얀 털이 조금 더럽혀져서 기분이 나빴지만 참아 주었다. 나중에 생각해 보니 그건 그들과 함께 살기 위해 넘어야 할 최소한의 문턱이 아니었는지.

마당에는 내 듬직한 체격에 걸맞은 나만의 집이 기다리고 있었다. 행복한 미래가 손을 잡아 주는 것 같았다. 콧노래가 절로 나왔고 가슴이 설레었다.

주인아저씨, 아줌마도 좋은 사람들인 것 같았고 주인집 아들과 딸도 착하게 보였다. 나는 칭찬받는 머슴이 되겠다고 다짐을 했다. 집을 잘 지키는 모범 지킴이가 되겠다고 해야 할 것 같다.

이 집은 모퉁이 집이라 밖으로 사람들의 왕래가 많기에 나는 최선을 다해 식구들을 지켜 주는 것으로 사랑과 관심을 받으려 했다.

그리고 식구들의 행복이 내게 즐겁게 옮겨지기를 바랐다. 마당에는 예쁜 꽃들이 피어 있고 아침이면 비둘기들이 명랑하게 노래를 하는 데다 별 어려움이 없이 사는, 겉만 보면 충분히 그런 상상이 되고도 남았다.

그러나 얼마 못 가서 이 집이 행복과는 거리가 멀다고 생각했다. 주인아저씨는 누구보다 바깥일이 바빠서 주로 밖으로 돌며 가정일에는 아무 관심이 없었고 주인아줌마도 외출이 잦고 툭하면 짜증을 잘 내는 것 같았다.

두 분 사이가 별로 좋지 않은 것 같이 보였다. 가끔 싸우고…… 언젠가는 싸운 뒤에 주인아저씨가 거실의 화분을 마당에 던진 것을 본 후 그런 생각을 굳히게 된 것이다.

아들과 딸이 중고등학교에 다니는데 공부하느라 얼굴 보기도 어렵고 아이들의 표정이 별로 밝지 않다. 딸은 신경질을 잘 내는 것 같았다.

아이들의 삼촌이 이 집에 함께 살고 있는데 뚜렷한 직업이 없는지 낮에 볼 때가 많았고 이렇게 저렇게 가족들의 속을 썩이는 것 같았다. 무엇보다 술을 좋아하는 데다 술 주정을 별나게 해서 가족들의 골칫거리가 되는 듯했다.

그날 그 끔찍한 날, 아이들 삼촌이 술을 먹고 들어와 주인아저씨와 아줌마에게 행패를 부렸다. 거실에서 칼이라는 흉기를 들고 날뛰는 모습이 밖에서도 얼핏얼핏 들여다보였다. 그러다가 경찰이 와서 겨우 진정이 되었다.

난 그때부터 칼을 갈기 시작했다. 평소에도 아이들 삼촌은 가끔씩 나만 보면 괜히 발길로 툭 차곤 했기에 좋지 않은 감정이 차곡차곡 쌓여 갔다.

겉으로 보면 한없이 조용하지만 속으로는 의협심이 남다르다는 게 내 장점이라는 것을 숨길 수 없다.

내 생활은…… 참 기가 막힐 일이다. 나는 늘 마당 한구석에 묶여 있다. 여기 처음 왔을 때 일주일에 몇 번쯤은 집 밖에 나가 산책하리라는 당연한 생각을 했다.

그러나 일주일에 단 한 번도 그런 상쾌한 일은 벌어지지 않았다. 이 집에 와서 단 한 번도 목줄을 푼 적이 없고 대문 밖을 나가 본 적이 없었다고 말하면 사람들이 믿어 줄까?

나는 기분이 좋아지면 지붕 위 비둘기들을 바라보며 윙크를 하기도 한다. 평소 그 애들이 나한테 약을 올리거나 똥을 갈겨 그런지 내 눈치만 보고 내려오지도 않는다.

비둘기들이 나에게 약을 올리는 소리는 한결같이 못돼먹었다.

"등치만 컸지. 여기서 맨날 꼼짝도 못 하고 사는 얼간이 얼간이……"

나는 그 애들이 놀릴 때면 화가 나서 덤벼들고 싶지만 이내 지붕으로 날아가 버리기에 맥이 빠진다. 비둘기 한 마리라도 붙잡아 내 앞에서 본때를 보여 주고 싶지만 어쩔 수 없는 일이 되풀이된다.

사실 그들이 너무나 부럽다. 하늘을 저희들 마당으로 삼고 사는 비둘기들을 볼 때마다 날기는커녕 줄에 묶여 사는 내가 너무 한심할 뿐이다. 나는 그냥 마당의 심심한 배경일 뿐, 있으나 마나 한 존재 그 이상도 그 이하도 아니다.

그런데 한 번은 나처럼 하얀 애가 지붕에서 땅으로 내려왔다. 나는 놀랐지만 침착해지려고 마음을 먹었다. 그것도 혼자서, 나한테 무슨 볼일이 있는 건가 하는 생각이 스치고 지나갔다. 속으로는 기분이 좋았지만 평소에 비둘기들이 내게 한 짓이 생각나 말이 곱게 나오지 않았다.

"네가 웬일이야? 그리고 여기 내려오려면 나한테 허락을 받아야지? 안 그러냐?"

그 애는 입을 삐죽거리며 대답했다.

"여기도 우리 집인데 내가 내려오는 건 너무 당연한 일 아냐? 그리고 난 너한테 아무 관심이 없거든?"

듣고 있자니 기분이 매우 나빠졌다.

"애 말하는 것 좀 봐. 여긴 엄연히 내 구역이야. 그것도 모르냐? 쪼그만 게……"

그 애도 기분이 상했는지 말을 함부로 뱉었다.

"참 기가 막혀. 한 집에서 사는데 네 구역 내 구역이 어디 있어? 내가 여기 내려올 권리도 없냐? 그리고 쪼그맣다니, 너는 커서 허구한 날 그렇게 묶여 사니?"

그 애가 별로 밉지는 않았지만 내 자존심을 건드려서 가만히 두고 볼 수가 없었다. 나는 급히 다가가 두 손으로 그 애를 움켜쥐었다.

그 애는 내 손안에서 꼼짝도 못 하고 크게 놀랐는지 벌벌 떨고 있었다. 내가 힘껏 목을 누르면 그 애는 죽을 수도 있었다. 그러다 그 애의 순하고 예쁜 눈과 마주쳤다. 그리고는 내 손의 힘이 풀린 것이다.

"너 이번에는 봐준다. 알았지?"

그 애는 아무 말도 안 하고 내 손아귀의 그림자를 털어내듯 몇 번 푸드덕거리다가 지붕으로 날아갔다. 다른 비둘기들이 내려다

봤을 걸 생각하니 기분이 우쭐거리며 좋아졌다.

나는 오래 걷고 싶고 마음껏 달리고 싶다. 평소에 별로 움직임이 없다 보니 다리에 쥐가 날 지경이다. 무엇보다 답답해서 미칠 지경이다.

내가 바람처럼 잘 달릴 것 같다고 이름을 바람이라고 붙여 준 게 우습기만 하다. 대문 밖으로 풀어 주기만 하면 거침없이 바람처럼 달려가 내 이름값을 하겠지만 휴– 그게 가능한 일이겠는가?

골목 풍경들이 궁금해질 때가 있다. 아니지, 더 넓은 바깥세상이 너무 보고 싶다는 게 맞는 말이다. 그런 것까지 바란다면 사치겠지만.

식구들은 다 좋은 사람들이지만 나를 저들의 가족으로 생각하는 것 같지 않다. 나에게 눈길조차 주지 않아 너무나 마음이 허전하다. 그래도 나는 식구들을 보면 꼬리를 치는 걸 잊지 않는다.

어쩌다가 주인집 아들이 나를 보러 올 때가 있다. 나는 그때만큼은 더할 수 없이 기분이 좋아서 마구 꼬리를 흔들곤 한다. 어떤 때는 놀아 달라고 조르기도 하는데 아무런 반응이 없어 서운하기도 하다.

참, 빠뜨릴 수 없는 식구가 있다. 내가 처음 왔을 때 보니 아이들 할머니는 살림을 도맡아 하시고 마당의 꽃들도 가꾸셨다. 그리고 내 밥을 제때 챙겨주시곤 했다.

밥을 줄 때마다 나를 쓰다듬어 주는 할머니가 마냥 좋았고 그런 할머니의 손등을 나는 공을 들여 핥곤 했다.

그런데 언제부터인지 집안일도 안 하시고 꽃도 안 가꾸시고 나한테 밥도 주지 않을 뿐 아니라 내 근처에 얼씬거리지도 않았다. 참 이상한 일이었다.

할머니는 자주 마당에 나와서 꽃들을 들여다보았다. 나는 그 모습을 바라보며 나에게도 눈길을 좀 주기를 바랐다. 할머니를 자꾸 불러 보았지만 내 쪽으로는 눈을 돌리지도 않았다.

할머니는 간혹 아무 말 없이 나를 바라볼 때가 있다. 무슨 생각에 잠기는 것 같았지만 내가 알 수 없는 일이었다.

어느 날, 마당에서 내게 밥을 주는 주인아줌마를 보더니 할머니는 퉁명스럽게 말했다.

"배고파."

주인아줌마는 얼굴을 찡그리더니 말했다.

"어머니, 좀 전에 아침 드셨잖아요."

할머니는 그 말이 안 들렸는지 또다시 말했다.

"배고파."

"아휴 참―"

주인아줌마는 쌀쌀맞게 투덜거린 뒤 집 안으로 들어갔다. 나는 할머니가 불쌍해지기 시작했다. 할머니한테 왜 그렇게 차갑게 대하는지 모를 일이었다. 더구나 배가 고프다는데 인정머리가 그렇게 없다니……

식구들이 나한테 관심이 없어도 나는 식구들에게 거는 희망을 포기하지 않았다. 내가 밤에 뜬 눈으로 이 집을 잘 지켜 주면 언젠가는 사랑을 받게 되리라고.

여름에는 지독히 더워서 견딜 수가 없다. 나를 감싼 털이 옷이어서 벗어버릴 수 있다면 얼마나 좋을까? 라는 생각을 해 보았다. 묶여 있는 게 너무 답답해서 제자리를 자꾸 서성거리기도 한다.

이번 늦가을에 하마터면 큰일 날 뻔했다. 그러니까 늦은 밤, 아이들 삼촌이 술을 먹고 들어왔다. 나는 졸다가 깨어나 멀뚱거리고 있었다.

그는 담배꽁초와 함께 담뱃갑을 내 쪽으로 던지고는 침을 한 번 뱉더니 안으로 들어갔다.

나는 어느새 깜빡 잠이 들었는데 느낌이 이상해서 눈을 떠보니 담배꽁초에서 일어난 불길이 낙엽에 붙어 나한테로 다가오고 있었다.

나는 불길이 뜨겁게 느껴졌고 뒤로 주춤거리며 멀어지려 애썼다. 그러나 목줄에 매인 나는 더는 피할 수가 없었다.

나는 본능적으로 마구 짖어대기 시작했다. 식구들이 나와 불을 꺼 주기를 바랐으나 아무리 짖어도 누구 하나 마당으로 나오지 않았고 나는 다급해서 더욱 소리를 높였다.

얼마 후 내 비명을 듣고 놀란 식구들이 마당에 나왔다. 피부가 몹시 따갑고 내 털 일부가 불에 그슬리고 난 뒤였다.

식구들은 내게 매일 약을 발라 주었고 쓰리고 따가운 내 피부도 시간이 갈수록 괜찮아질 것이다. 하지만 내 처량한 몰골을 비둘기들이 훔쳐볼 때마다 기분이 몹시 상한다.

시간이 갈수록 초조하고 불안해진다. 언제까지나 이렇게 묶여 살 건지 한숨이 나온다. 식구들의 시선을 끌지 못하는 나, 알 수 없는 앞날…… 그래서 더욱 제자리를 불안하게 맴돌곤 한다.

그러다가 얼마 후 큰 사고를 쳤다. 그러나 아주 후련하다. 그날, 그러니까 점심을 먹은 뒤 노곤하게 앉아 있는데 아이들 삼촌이 나한테 다가왔다.

뭐 나를 쓰다듬어 주려고 오는 게 아니라는 것쯤은 알고 있었다. 오히려 무슨 나쁜 일이 벌어질까 봐 가슴이 두근거렸다.

그때 갑자기 그가 나를 발로 힘껏 걷어차는 것이었다. 나는 너무나 아팠고 순간 벌떡 일어나 까치발로 그의 전신에 내 몸 전체를 실어 덤벼들었다.

나는 으르렁거리며 드러낸 이빨로 물어 버리려 했다. 그러나 그는 잽싸게 뒤로 물러섰고 내 이빨이 그의 팔에 약간의 상처를 내었을 뿐이었다.

그는 많이 놀란 듯 멍하게 서 있더니 집 안으로 들어갔다. 물어버리지는 못했지만 통쾌했다. 평소 나를 괴롭히던 그에 대한 앙갚음과 함께 주인아저씨, 아줌마를 대신해 내가 무슨 좋은 일을 한 느낌마저 들어 미소가 절로 나왔다.

문제는 그다음에 벌어졌다. 그가 이 일을 식구들에게 말했나 본데 나를 기특하게 보는 것이 아니라 아주 조심해야 하는 개라고 낙인을 찍은 것 같았다.

식구들이 다들 나를 피하고 있던 어느 날 어쩐 일인지 할머니가 내게 다가왔다. 그리고는 나를 한참 쓰다듬어 주었다. 나는 할머니의 따뜻한 손길에 눈물이 나왔다. 그리고는 슬슬 잠이 오기 시작했다.

아무도 없이 횅한 들판에 눈발이 날리고 있었고 나는 어디로 갈지 모른 채 무작정 걸었다. 아무도 보이지 않는다는 것이 무서웠다. 따뜻한 집도 하나 없는 빈 들판 끝에는 지평선이 가로질러 있었고 가도 가도 간 만큼 지평선이 멀어지는 것이었다.

그때 나와 비슷하게 생긴 개 한 마리가 신기루처럼 나타나 멀리 앞에서 가고 있는 것이 보였다. 점처럼 아주 작게 보였다.

나는 너무나 반가워서 달려갔다. 내가 빨리 달려야 그 개를 만날 수 있기에 엄청난 속도를 냈다. 나는 숨도 제대로 쉬어지지 않을 만큼 지독히 빨리 달렸다. 그렇게 빨리 달린 것은 태어나 처음이었다.

그리고 마침내 걸어가던 개에게로 다가갔다. 나는 숨이 턱에 찬 채 개를 쳐다보았다. 그런데 갑자기 개의 모습은 어디 가고 우리 집 할머니의 뒷모습이 보이는 것이었다. 나는 너무나 반가워서 큰 소리로 불렀다.

"할머니—"

곧이어 할머니가 돌아보더니 아주 낯선 얼굴로 나를 바라보고 있었다.

"네가 누구냐? 왜 나를 할머니라 부르는 거냐? 난 네 할머니가 아니야."

나는 할머니가 나를 놀리려고 농담을 하는 줄 알았다.

"할머니, 저예요. 바람이에요."

할머니는 정말로 나를 모른다는 표정으로 말했다.

"난 바람이라는 개를 몰라. 그리고 난 개를 싫어해."

나는 할머니가 왜 그렇게 말하는지 이해가 되지 않았다.

"제가 할머니랑 같이 사는 바람이에요. 할머니가 조금 전에 나를 쓰다듬어 줬잖아요."

할머니는 귀찮은 듯 한 발짝 뒤로 물러서며 말했다.

"내가 언제 너를 쓰다듬어 줬어? 아휴 참, 별일이네. 저리 가라."

나는 기가 막혀 말도 나오지 않았다. 그래도 다시 짚고 넘어가야 했다.

"할머니, 저를 정말 모르시겠어요?"

할머니는 아주 퉁명스럽게 대답했다.

"참, 그렇다니까 몇 번을 말해야 알아듣니?"

할머니는 정말로 나를 아주 또 낯설게 바라보았고 나는 말문이 막혔다.

"난 갈 길이 멀어. 너랑 이렇게 길바닥에서 실랑이할 시간이 없어."

그러더니 할머니는 가던 길을 느릿느릿 걷기 시작했다. 나는 그런 할머니를 바라보며 몹시 슬퍼졌다.

할머니의 걸어가는 모습을 지켜보다가 갑자기 할머니가 금세 눈앞에서 사라졌다는 것을 알았고 순간 내 가슴이 철렁하면서 깊은 바닥으로 내려가는 것 같았다.

"할머니— 할머니—"

할머니를 부르며 눈을 떴을 때 그것이 꿈이라는 것을 알았다. 나를 재워 주던 할머니는 집 안으로 들어갔는지 보이지 않았다. 나는 아직까지 남아 있는 할머니의 감촉을 느끼며 이 집에서 유일하게 나를 따뜻하게 대해 주던 할머니가 꿈에서는 왜 그렇게 모른 척했는지 기분이 묘했다.

이후 모든 것은 나쁜 쪽으로 흘러갔다. 그전에는 식구들이 내게 관심이 없는 정도였지만 아이들 삼촌과의 사건 이후로는 나를 아주 경계하는 눈빛이었다. 나는 정말로 섭섭하고 슬펐다.

할머니나 가끔씩 놀러 오던 주인집 아들마저도 다가오지 않았다. 나는 몹시 허탈했다. 그리고 내 마음이 이 집과 서서히 멀어지기 시작했다. 먹는 거라면 앞뒤 없이 가리지 않고 잘 먹던 내가 밥맛까지 없어지게 되었다.

마음을 접어야 했다. 떠날 때가 온 것이리라. 어느 날부터 나는 모두가 잠든 시간에 목줄을 헐어내기 시작했다. 내 집 모서리에다 목줄을 열심히 비벼댔다.

얼마나 오래 해야 할지 알 수 없었지만 결심을 멈출 수는 없다. 그리고는 언제든지 목줄을 끊고 달아날 기회를 잡으려 한다.

〈에필로그〉

함박눈이 펑펑 내리자 주인집 딸이 마당에 나와서 눈사람을 만들고 있었다. 아주 재미나게 눈을 굴리며 즐거워했다.

주인집 딸은 뚱뚱한 눈사람을 마당 한가운데에 놓고 미소를 지으며 바라보고 있었다. 낯선 사람만 보면 자기처럼 짖지도 않고 집을 지켜줄 수도 없는 눈사람을 왜 그렇게 좋아하는지 바람이는 더욱 서운했다.

눈을 맞으며 바람이는 오직 대문만을 바라보았다. 대문 밖으로 나가면 제가 반기는 세상이 환히 보일 것이라 생각했다.

그곳이 어디든 상관이 없었다. 개답게 살고 사랑받을 수 있는 그 어딘가가 있을 것 같았다. 눈은 바람이의 가슴에 즐거운 상상도 함께 내려 주었다.

그다음 날도 눈이 내렸고 집안은 아주 조용하게 눈의 정서에 파묻히고 있었다. 식구들이 다들 점심을 먹고 낮잠을 즐기는 중이었다.

그때 할머니가 두툼한 방한복을 입고 마당으로 나왔다. 그리고는 바람이에게 느릿느릿 다가갔다. 바람이는 할머니를 보고 전처럼 무작정 반기지 않았다. 꿈에 자신을 몰라본 할머니가 떠올라 눈치만 살피고 있었다.

할머니는 바람이의 얼굴을 한참 쓰다듬었다. 바람이는 할머니에게서 여전히 따뜻한 손길을 느끼게 되자 자신 있게 할머니의 손등을 핥았다.

할머니는 곧 바람이의 목줄을 풀어 손에 단단히 감았다. 바람이는 할머니가 웬일로 자신의 목줄을 풀어 주는 건지 알 수가 없었다. 자신을 집 밖에 내다 버리려는지도 모르겠다는 생각이 들었다. 만약 그렇게 된다면 차라리 어디든 가고 싶은 데로 갈 수 있겠다는 생각이 들었다.

그러나 바람이는 꿈속의 매정한 할머니를 지우며 그런 생각을 곧 거두었다. 어쩌면 할머니는 자신에게 좋은 곳을 구경시켜 주려고 하는지 모르겠다고 바람이는 생각했다.

몇 발자국을 뗀 바람이는 신바람이 나서 지붕 위의 비둘기들을 의기양양하게 바라보았고. 비둘기들이 입을 모아 응원을 한다는 것을 알았다.

할머니는 바람이를 데리고 대문 밖으로 나갔다. 눈이 오는 골목에는 지나다니는 사람들이 눈에 띄지 않았고 하얀 세상이 지극히 고요하게 느껴졌다.

얼마 만의 바깥 구경인지 바람이는 금방 설레기 시작했다.

눈이 바람이의 콧등에도 입에도 떨어졌다. 차가웠지만 달달한 맛이 나는 것 같았다. 바람이는 눈 냄새를 맡아 보았다. 이 세상 어디서도 맡을 수 없는 눈의 냄새가 바람이를 더욱 기분 좋게 만들었다. 아주 깨끗하고도 달달한 냄새에 취해 바람이는 행복해지는 것 같았다.

할머니는 아주 느릿느릿 걸었고 바람이는 그런 할머니의 걸음을 따라 걸었다. 그러나 바람이는 마구 달리고 싶었다. 그동안 꼼짝도 못 했던 다리가 풀리기 시작하면서 새로운 힘이 나는 것 같았다.

바람이는 눈이 와서 너무 좋았고 어디든 갈 수 있겠다 싶은 마음에 더욱 즐거워지는 것이었다. 마음만 먹으면 할머니 손에서 빠져나가는 일은 아주 손쉬운 일이라는 생각이 들었다.

어디로 가는 줄도 모른 채 할머니의 걸음이 집에서 점점 멀어지고 바람이는 잔뜩 부푼 바람을 욱여넣으며 할머니 곁에 바짝 붙어 걸었다.

목 부러진 꽃잎 같은 발자국들이 함박눈 위에 어지러웠다.

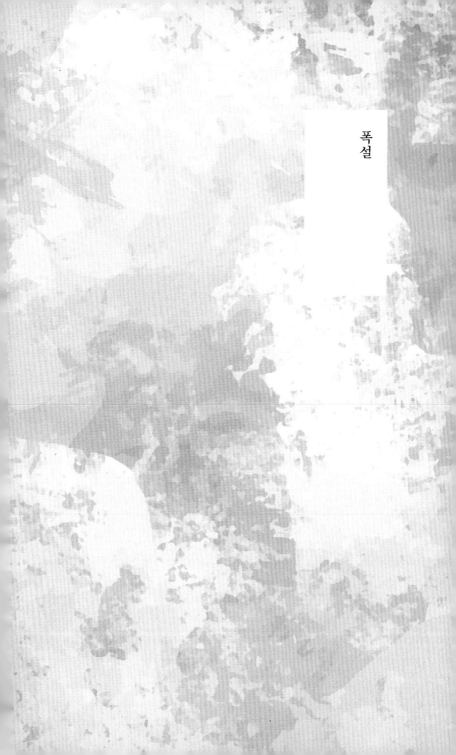

폭
설

그는 매장에서 서성거렸다. 아직까지 팔리지 않은 빵들을 둘러보며 남자는 미간을 찌푸렸다. 남겨진 빵들을 밉상으로 보기에는 그의 정성으로 만든 빵들이라 너무나 애처롭게 보였다.

그는 물질에도 그것을 다루는 사람의 혼이 더해지면 생명력이 깃든다고 생각해왔기에 최선을 다해 빵을 만들고 있었던 것이다.

빵들이 주인을 찾아가기를 고대하며 남자는 시계를 들여다보았다. 퇴근 시간도 지난 아홉 시, 이 시간에 빵을 사러 오는 사람이 거의 없다는 것을 잘 알고 있기에 하루를 접어야 하는 분위기만 고이고 있었다.

거리의 맞은편, 잘나가는 커다란 빵집의 눈부신 조명등이 그의 눈을 어지럽게 했다.

자신은 십 년째 이 동네의 터줏대감이고 새 빵집은 문을 연지 일 년이 되었다. 변두리 서민 동네라 길 하나를 두고 빵집이 더 있을 필요가 없다고 생각했는데, 그의 교과서적인 생각의 틈을 비집고 새 빵집이 들어온 것이다.

그것도 자신의 빵집과는 비교가 안 될 정도로 클 뿐만 아니라 멋진 인테리어까지 갖추었다. 그럼에도 그는 자신이 넘쳤다. 정성을 다해 질 좋고 맛있는 빵을 만들면 아무리 휘황찬란한 빵집이 있다 해도 자신의 빵집을 이길 수 없다고 생각했다. 더구나 이 동네 사람들의 변함없는 지지를 믿고 있었기에 새 빵집을 보면서 코웃음을 날리곤 했었다.

그런데 날이 갈수록 자신의 빵이 잘 안 팔리는 것이었다. 마감 시간이면 재고가 늘어나서 큰 시름에 잠기게 되자 빵을 전보다 훨씬 덜 만들었고 수입은 내리막이었다.

점원을 내보내고 시간제 아르바이트를 써도 손에 쥐는 돈이 별로 없는 그는 이 위기를 어떻게 넘겨야 할지 고심했다.

계산대에 앉아 자신의 빵집 앞을 지나가는 사람들에게 기대 반절망 반의 눈길로 바라보다가 접어둔 지난날이 갑자기 떠올랐다.

그는 자신의 청년 시절을 암흑기라고 생각했다. 취직을 하려 이리 뛰고 저리 뛰면서 삼 년을 보냈다. 입사 원서를 얼마나 많이 썼는지…… 1차까지 가기도 어려웠고 겨우 1차에 붙으면 면

접에서 떨어지고 떨어졌다.

대체 무엇이 잘못되었는지조차 알 수 없었다. 쓰러지다가 다시 일어나 또 입사 원서를 내는 일이, 해가 뜨고 달이 뜨는 천체의 움직임처럼 반복적으로 벌어졌다. 그렇게 한창때의 시간을 탕진해버린 것이다.

그런 생활을 끝내야 한다는 분명한 생각 하나가 그의 가슴을 치고 들어왔을 때 빛줄기 하나 들어오지 않는 컴컴한 동굴 안에서 겨우 빠져나올 수 있었다.

누군가는 그에게 대단한 위로의 말을 뿌리고 지나갔다. '바닥을 찍는 그때가 다시 치고 올라가는 때다'라고. 차분하게 생각 해 보면 아쉬움이 남기도 했다. 조금만 더 견디면 자신이 원하던 일이 이루어지는 게 아닌지.

그러나 그런 참한 생각을 이어가기엔 그의 현실이 너무 가혹했다. 잠깐씩 아르바이트를 해서 용돈을 마련하고는 있었지만 거의 빈 주머니였다. 더구나 넉넉하지 못한 집의 장남이라는 점은 무엇보다 치명적이었다. 언제까지나 희망의 나팔만 불 수는 없었다.

겨울이었고 따뜻해지기를 바랐다. 그는 붕어빵 장사를 했다. 따끈한 붕어빵이 금세 구워져 나오고 또 금세 누군가의 손에 들려 가는 빠른 순환이 좋았다.

푼돈이지만 곧바로 현금이 들어와 자신의 정체된 청년기가 보상을 받는 듯한 느낌이 들었다. 자리가 좋아서인지 다행히 장사가 잘 되었다. 수북이 쌓이는 천 원짜리를 보면서 순간순간 마음은 이미 부자가 된 느낌이 들었다.

무엇보다 추운 겨울을 녹여 주는 따뜻한 붕어빵들이 좋았고 그 온기를 사람들에게 줄 수 있어 행복했다. 비록 계절을 타는 일이기는 했지만 자신의 일에 최선을 다할 수 있었다. 그가 아직도 생생하게 기억하는 일화는 그를 더없이 포근하게 했다.

그날 특별나게 다가온 손님은 초로의 어르신이었다.

"아이고, 여기 맛있는 붕어빵이 있네. 참 오랜만에 붕어빵을 보네요. 옛날엔 여기저기에서 팔았는데 요즘은 아주 귀해요."

"네. 어서 오세요."

"붕어빵 만 원어치 줘 봐요."

"네— 많이 사시네요."

"허허. 오래간만에 붕어빵 파티를 해야겠어요. 입이 몇 갠데…… 한두 개 먹어가지고는 성이 안 차요. 내가 여기 지나가기도 쉽지 않고요."

"그러세요? 하하하."

"자식이 셋이에요. 다 큰 자식들이니 오 억씩 유산으로 줘야지요."

"네? 오 억이요?"

"그렇지요. 붕어빵 하나에 일 억이지요. 하하하. 다섯 마리면 오 억이 되잖아요."

나는 뭐라고 답을 해야 할지 몰랐고 어르신은 다시 말을 이었다.

"내가 돈이 없지만 붕어빵은 애들한테 줄 수 있으니 말이에요. 오 억씩이면 괜찮지요?"

그 말을 남기고 어르신은 떠나갔다. 나는 한동안 멍해져서 머릿속이 텅 비는 느낌이 들었다. 하찮은 붕어빵 장사를 부끄럽다고 생각했는데 붕어빵 한 마리가 일 억이라니 내가 어마어마한 기업을 하고 있는 게 아닌가?라는 생각에 절로 웃음이 나왔다.

붕어빵은 푼돈의 가치가 아니었다. 생각을 바꾸면 작은 것도 아주 대단한 것으로 보이는 것이다. 그 어르신의 말이 그에게 왠지 모를 힘과 자부심을 주었다.

그의 고달픈 시기를 잘 버티게 해준 뜻밖의 귀인은 하찮다고 생각하는 일에 자부심을 일깨워 그의 삶을 이끌어 준 인생의 스승인 셈이었다.

겨울에는 붕어빵 장사, 다른 계절에는 택배 일을 하며 악착같이 돈을 모았다. 5년의 시간은 꿀벌이 꿀을 모으는 기간이었다. 그는 누구보다 자부심을 가지고 즐겁게 열심히 일을 했다.

그 후 돈이 모아지자 제빵 기술을 익혔고 마침내 이 변두리 동네에 와서 빵집을 하게 된 것이었다.

'아, 그렇구나!'

그는 예전의 그 어르신을 떠올리며 마치 서랍 속에 잊고 두었던 귀한 물건을 꺼내는 느낌으로 마음이 다시 충만해지는 것 같았다.

자신이 또다시 위기의 줄을 아슬아슬하게 타고 있다는 것도 깨달았다. 그리고 똑같이 자신을 일으켜 줄 그 한 마디를 불러내 주저앉은 자신의 등뼈를 세우려 했다. 꼭 그러리라 다짐하면서.

겨우내 세 번의 폭설이 찾아왔다. 폭설이 그의 닫힌 가슴을 열었다는 것을 안 것은 나중의 일이었지만.

가게 문을 닫아야겠다고 생각을 하고 있을 때 누군가 급히 들어왔다. 젊은 남자였다.

"휴, 다행히 여기에는 빵이 남아 있네요."

"어서 오세요."

젊은 남자는 가게를 둘러보더니 말했다.

"하나씩 포장된 빵이 오십 개 필요합니다."

"네? 이 밤에 그렇게나 많이요?"

젊은 남자는 굳은 얼굴로 말했다.

"내일 직장에서 등산을 가는데 급한 일이 생겨서 미처 주문을 못했어요. 아침 일찍 가니 사 놓아야 해요."

"아, 네. 근데 내일 드시면 빵이 굳을 텐데요."

"괜찮습니다. 어차피 내일 일찍 문을 여는 곳은 없을 테니까요."

그는 잠시 생각에 잠기더니 말을 꺼냈다.

"몇 시까지 빵이 되면 될까요?"

"여섯 시에요."

"그러면 제가 여섯 시까지 빵을 만들어 포장해 놓겠습니다."

젊은 남자는 눈을 크게 뜨고는 말을 이었다.

"정말이에요? 어렵지 않겠어요?"

"네. 괜찮습니다. 어떤 빵인지 얘기만 해주면 됩니다."

"아, 이거. 좀 미안하네요."

"그런 일이라면 얼마든지 좋습니다. 하하하."

젊은 남자가 빵을 고르고 계산을 했다. 이윽고 젊은 남자가 빵집을 나간 후 그는 한동안 멍해 있었다. 이런 행운이 뜻밖에 찾아왔다는 사실이 믿기지 않았다. 뜻밖의 손님에게 줄 빵을 밤을 새워서라도 그 어느 때보다 맛있게 정성스럽게 만들어야 하겠다고 다짐했다.

그냥 웃음이 새어 나왔다. 앞으로 오늘만큼만이라도 행운이 따라와 준다면 괜찮겠다는 생각이 들었다.

그때 왜 눈을 떠올렸는지…… 아주 자연스럽게 그것도 폭설이 그의 가슴에서 내리고 있었다. 무수한 눈송이들이 풍요의 화신이라는 느낌으로 안기는 것이었다.

며칠 후 여느 때처럼 가게 문을 닫으려는데 갑자기 웬 남자가 가게로 들어왔다. 환한 불빛이 남자의 추레한 행색을 또렷이 비추었다.

"저, 저……"

"빵 사시려고요?"

"저…… 혹시 남는 게 있으면 두 개만 주세요. 나중에 갚겠습니다."

"빵이 두 개만 필요한가 보지요?"

남자는 우물쭈물하더니 말했다.

"네."

남자에게 무언가 사연이 있는 것 같았다. 이렇게 늦은 밤 시간에 빵을 구걸하는 사람은 처음이었다. 그는 남자에게 말을 더 붙여 보았다.

"빵은 지금 남은 게 꽤 있어서 더 드릴 수 있어요. 필요하시면 더 드릴게요."

"그게……"

남자가 더는 말을 하지 않자 그는 말을 이었다.

"더 드려도 괜찮습니다."

남자는 고개를 가볍게 떨구더니 말했다.

"다름이 아니라, 애가 하나 있는데 밥을 잘 안 먹어서요. 어디가 아픈지…… 애가 빵을 아주 좋아하는데 지금 돈이 없어요. 하루 벌어 하루 먹고사는데 제 몸이 좋지 않아 한동안 일을 안 나갔어요. 미안하지만 나중에 꼭 갚겠습니다."

그 말을 들은 그는 남자가 너무 안 돼 보였다.

"네. 그러시군요. 제가 그냥 넉넉히 드릴게요."

그리고는 커다란 봉지에 가득 빵을 담았다.

"이거 가지고 가세요. 그리고 빵이 떨어지면 오늘처럼 오세요. 어차피 빵은 남으니까 그냥 드리겠습니다."

"아니, 이렇게 많이…… 제가 돈을 쥐면 꼭 갚겠습니다."

"안 갚아도 괜찮습니다. 앞으로도 그냥 드리겠습니다."

남자는 놀란 듯 그를 주시하더니 말했다.

"아닙니다. 제가 몸만 괜찮아지면 먹고사는데 아무 문제가 없습니다."

그는 어떻게 남자를 도울지 순간 생각하다가 말을 이었다.

"정 불편하시다면 빵 두 개 값만 갚으세요. 언제든지 두 개 값만이요."

남자는 한동안 말이 없었다. 눈가가 촉촉해진 것 같았다.

"고맙습니다. 세상에 이런 분도 있네요, 정말 감사합니다."

남자의 글썽이는 눈물이 불빛에 반사되어 그의 눈에 아프게 들어왔다. 빵 가게를 나가는 남자를 지켜보며 그의 가슴은 이때까지 한 번도 느껴 보지 못한 감흥으로 출렁거렸다.

처음으로 남을 도운 것이었다. 앞만 보고 달려온 길에서 스쳐

가는 딱한 이에게 처음으로 눈을 돌리고 나니 그 만족감이란 상상 이상이었다.

폭설이 그의 가슴에 순수의 빛을 뿌리고 있었다. 고요하지만 아주 풍요로운 눈의 정서로 그의 가슴을 흔들고 있는 것이었다.

자신만을 위해 살아온 지난날이었다. 그는 자신이 보통의 셈법에만 능했다는 것을 깨달았다. 그것을 깨닫게 해준 날이었다.

그는 맞은편 빵집을 향해 윙크를 했다. 그것은 자신감과 여유에서 나오는 일종의 세리머니였다. 그는 유리문 밖으로 굵은 눈발이 날리는 것을 동시에 보았다.

"저― 여기 사장님이신가요?"

낯선 젊은이가 가게 안에 들어와 조심스럽게 인사를 했다. 보기 드물게 눈이 맑고 똘똘하게 보였고 착한 인상이었다. 남자는 젊은이가 빵을 사러 온 게 아니라는 것을 알아챘다.

"음. 그런데?"

젊은이는 공손하면서도 나직한 목소리로 말을 꺼냈다.

"다름이 아니라, 좀 어려운 부탁 말씀을 드리려고요."

남자는 의아하게 생각했고 젊은이는 힘찬 목소리로 꼭꼭 씹어 먹듯 곧 말을 이어갔다.

"제가 여기서 빵 만드는 일을 배우고 싶어서요."

살아오면서 한 번도 그런 일이 없었기에 남자는 당황했다. 빵 만드는 기술을 익히려면 학원을 가야 하는데 무슨 사연이 있겠다 싶었다.

"배우면 좋겠지."

"가르쳐만 주신다면 그 은혜를 잊지 않겠습니다. 푼돈 같은 걸 주시지 않아도 됩니다."

남자는 젊은이의 진심 어린 말을 내칠 수 없어서 가까이 다가가 보려 했다. 빵 만드는 기술을 배우고 싶어 하는 젊은이를 뚫어지게 바라보았다. 젊은이는 말을 이었다.

"그런데—"

젊은이는 말하기가 어려운지 망설이고 있었다. 남자는 더 어려운 부탁이 기다리고 있음을 눈치챘고 젊은이는 다시 말을 꺼냈다.

"지금 고시원에서 지내는데 한 달을 채우면 나올까 해요. 여기서 지내면서 배우면 안 될까요?"

뜻밖의 부탁에 남자는 더욱 당황했고 젊은이는 잠깐 생각에 잠기는 것 같더니 다시 말을 꺼냈다.

"어머니가 시골에 살고 있는데 남의 논밭에 가서 일을 해주며 간신히 살고 있어요. 제가 성공을 해서 어머니를 편히 모시는 게 저의 꿈입니다."

"빵집 앞을 지나갈 때면 달콤한 빵 냄새에 끌렸고 어머니가 그 빵을 마음껏 드시면 얼마나 좋을까 하는 생각이 간절했어요. 저는 고등학교를 졸업하자 무작정 서울로 와서 이 동네의 고시원을 찾아왔습니다. 빵 만드는 것을 배워야겠다는 생각을 줄곧 하다가 이 빵집을 발견했지요. 몇 번 빵을 사러 들어왔는데 사장님의 인상에 끌렸어요. 그리고 커다란 빵집이 아니라서 마음에 들었습니다."

남자는 고개를 끄덕거리고는 말했다.

"왜 커다란 빵집이 아니라서 마음에 들었나?"

"아, 네. 제가 여기서 일을 잘 하게 되면 나중에 커다란 빵집이 될 수 있기 때문이에요."

듣고 보니 남자의 마음에도 와닿는 것이기에 고개를 끄덕였다.

"여기 빵들이 맛은 있지만 특별난 게 없는 것 같아요. 제가 열심히 배워 다른 빵집에 없는 새로운 빵을 만들고 싶어요. 이 가게가 번창하게요."

"근데 여기는 잠자리가 없는데…… 우리 집에도 남는 방이 없고."

젊은이는 안도의 숨을 가볍게 쉬며 말을 이었다.

"괜찮으시다면 제가 알아서 할게요."

"불편할 텐데……"

남자는 젊은이가 믿음직해 보이기도 하지만 뜻밖에 벌어진 일을 어찌해야 할지 갈피를 잡을 수가 없었다. 젊은이가 자신에게 도움도 되겠지만 월급을 주지 않아도 최소한 밥은 같이 먹어야 하니 지금 사정으로는 그것도 만만치 않은 일이었다.

그러나 거절을 하자니 사람의 도리가 아닌 것 같았다.

"그러면 내가 집사람과 의논도 하고 좀 생각해 봐야겠으니 이틀 후 다시 오게."

"네. 고맙습니다."

젊은이가 다시 오기까지 남자는 생각에 생각을 더해 갔다. 그리고 자신의 어려웠던 젊은 시절을 떠올렸다. 그러다가 자연스럽게 자신을 찾아온 이 젊은이에게 어떻게든 도움을 주어야 한다는 생각이 들기 시작했다.

그리고 젊은이가 다시 남자를 찾아오자 흔들림 없는 마음의 결의를 스스로에게 다졌다.

"음. 내가 빵 만드는 걸 가르쳐 주겠네."

젊은이는 아주 기쁜 표정으로 말했다.

"정말 감사합니다. 이 은혜를 정말 잊지 못할 거예요."

남자는 갑자기 생각난 듯 말을 꺼냈다.

"그런데 여긴 한 달에 두 번 쉬는데……"

젊은이는 미소를 지으며 말을 이었다.

"그냥 문 열면 안 될까요?"

"내가 안 나와도 되는 일이라면…… 그런데 그날 빵을 못 만들어서 말이지."

젊은이는 무언가 생각난 듯 아주 밝은 표정으로 말했다.

"제가 빨리 빵 만드는 기술을 배워서 휴일 없이 운영하면 좋을 것 같아요. 그동안은 휴점일에 문을 닫아야겠지요."

"그래? 음. 그것도 괜찮은 일인 것 같군. 그런데 휴점일에 어디 갈 데가 있나?"

"아, 네. 국립도서관에 가면 책이 많이 있겠지요?"

"그렇지."

"도서관에 가서 하루를 보내면 돼요. 빵에 관한 책을 읽고 싶어요."

남자는 고개를 끄덕이며 젊은이를 새롭게 쳐다보았다.

"자네는 몹시 학구적인가 보네."

젊은이는 머쓱해져서 대답을 했다.

"별로예요. 그렇지만 빵을 만들어 성공할 생각을 하니 그런 책을 보는 게 도움이 될 것 같아서요."

"나는 학원에서 제빵 기술을 배웠던 게 전부였지. 자네 같은 생각은 한 적이 없었어. 아무튼 공부 열심히 해서 꼭 성공하게. 내가 아는 것을 다 가르쳐 줄 테니 애써 봐."

"네. 감사합니다. 노력하겠습니다."

이튿날 이른 아침, 남자가 가게 앞에 도착하자 눈이 크게 떠졌다. 어디라 할 곳 없이 깨끗이 닦인 가게의 유리가 그를 맞이했기 때문이었다. 그는 가게 안으로 들어갔다. 가게 안도 아주 깨끗하게 청소가 되어 있고 정돈이 깔끔하게 되어 있는 것을 보고 감탄이 나올 지경이었다.

"안녕하세요?"

젊은이가 남자를 보자 머리를 숙이며 반갑게 인사를 했다. 남자는 미소가 절로 나왔다.

"아이고 눈이 부시네. 가게가 반짝반짝해졌어."

젊은이는 두 손을 모으며 미소를 지었다.

"그래, 다 좋은데 아무래도 여기서 자는 게 걸리네. 많이 불편할 텐데."

"야외용 침낭을 사려고 해요."

"아니, 사지 말게. 나한테 있는 걸 줄 테니. 몇 번 쓰고 그냥 팽개쳐 두었어."

"아, 네. 저는 그 안에서 누에고치처럼 편히 자면 되겠네요. 감사합니다."

그 말에 남자는 아주 만족했다.

"그래. 하하하."

남자는 가게 구석구석을 둘러보았다. 곧 빵을 만드는 뒤쪽에 가 보았다. 조리 기구 등 뭐든지 깨끗하게 제자리를 잡고 있었다. 부지런하고 깔끔한 젊은이가 남자는 썩 마음에 들었다.

"아침 먹어야지."

남자는 어제 팔던 빵과 우유를 넉넉히 쟁반에 담았고 두 사람은 아침을 먹기 시작했다.

"나 혼자 있을 때도 아침은 이렇게 먹고 있어. 괜찮은가?"

젊은이는 입안 가득 빵을 물고는 대답했다.

"저야 뭐— 맛있는 빵을 마음껏 먹어서 너무나 좋습니다."

"먹고 싶은 대로 먹게. 빵집이라는 게 늘 재고가 생기지. 어제 만든 빵이지만 맛이 크게 떨어지는 것도 아니고."

"그런데 그 재고 빵들은 어떻게 하시나요?"

"우리 가게에 가지러 오는 사람들이 있어. 어려운 이웃들에게 주는 거지. 좀 이따가 올 거야."

"아 네. 전 그게 무척 궁금했어요."

남자는 한솥밥을 먹는 젊은이에게 최대한 배려를 해야겠다는 생각이 들었다.

"점심 저녁은 사서 함께 먹으면 되고…… 샤워와 빨래는 우리 집에서 해결하면 되고……"

젊은이는 자상하게 배려해 주는 남자가 너무 고마워 일로서 보답을 해야겠다고 다짐했다.

"정말 고맙습니다. 열심히 하겠습니다."

남자는 젊은이 덕분에 마음이 그지없이 든든해졌다. 잘 가르쳐 아주 쓸만한 제빵 기술자로 만들어야겠다는 생각이 간절했다. 자신의 훌륭한 수제자가 된다면 더 이상 바랄 게 없을 것 같았다.

어려운 한 사람을 살리는 보람뿐 아니라 자신의 가게에도 밝은 기운이 비치는 것 같았다. 자신을 둘러싼 답답하고 검게 고인 어두움이 다 물러가는 듯했다. 우연히 발소리도 내지 않고 찾아온 그것을 행운이라고 말하고 싶었다.

남자가 문득 창 쪽으로 눈길을 돌렸을 때 함박눈이 내리고 있는 게 보였다. 그것을 지켜보던 남자의 가슴에는 함박눈보다 더 굵은 눈의 탄성들이 남자를 응원하는 것이었다. 눈의 입자 하나하나에 설렘과 풍요로움을 싣고서……

폭설이었다. 남자는 언제까지나 이런 폭설에 즐겁게 갇히고 싶다는 생각을 했다.

눈사람 엄마

이렇게 눈이 많이 오는 날은 한 편의 동화 속을 걷게 합니다.

눈은 신비하고 아름답습니다. 한 번도 들어가 본 적이 없는 하늘은 눈의 나라입니다. 그 먼 나라의 하얀 시민들이 땅으로 내려오는 날은 우리를 설레게 합니다.

신비스러운 하늘의 기운을 안고 내려오는 하늘의 시민들을 보면서 우리의 상상력은 끝도 없이 펼쳐집니다.

그래도 죄가 아닌 거지요. 누군가는 하늘에 대한 그리움을 마음속 도화지에 칠하겠지요. 또 누군가는 깨끗하고 거룩한 눈의 시민을 감동적으로 바라보겠지요. 그리고 어느 누군가는 우리가 사는 땅 위의 동화 같은 이야기를 들추어내겠지요.

그 산골에도 함박눈이 고요히 세상의 얼굴들을 어루만지고 있었습니다. 몇 안 되는 집들이 땅의 갖가지 색을 버리고 하얗게 칠해지고 있었습니다.

　겨울나무가 또 그렇게 제 색을 놓아주고 있었습니다. 하얗게 내려오는 하늘의 시민들은 엄청난 힘을 지녔습니다. 정말로 순식간에 땅을 하늘의 모습으로 바꾼 것입니다. 그리고 어느 하늘의 시민이 아이의 집에 찾아온 것입니다.

　아이는 눈이 오는 걸 보다가 마당으로 나갔다. 그리고는 벙어리장갑을 낀 작은 손으로 눈을 뭉쳤다. 뭉친 눈을 눈이 쌓인 마당에 굴리자 눈은 크게 크게, 살이 붙어 갔다.

　둥근 눈덩이가 제법 커졌는데도 아이는 이상하게 힘이 하나도 들지 않았다. 아이는 더욱 신이 나서 열심히 눈을 굴렸고 어느새 뚱뚱한 몸통 두 개가 완성되었다. 낑낑대면서 몸통 위에 또 다른 몸통을 올리니 사람 모양이었다.

　아이는 때마침 마당으로 나온 할머니를 보았다.

　"할머니, 처음으로 눈사람 만들었어요."

　할머니는 놀란 표정으로 대견한 듯 손녀딸의 머리를 쓰다듬으며 말했다.

　"아휴 이렇게 큰데, 어떻게…… 힘들지 않았어? 참 잘 만들었구나."

아이는 자랑스럽게 말했다.

"하나도 힘이 안 들었어요. 정말이에요."

"그래? 꽤 무거웠을 텐데 말이야. 이젠 다 컸구나."

아이는 고개를 갸우뚱하며 말했다.

"근데 할머니, 눈사람 얼굴에 눈 같은 게 붙어야 되잖아요."

"그렇지."

"할머니, 해주세요."

"그러자꾸나. 숯으로 눈 코 입 만들면 되지?"

"네 근데 입은 빨개야지요."

"음…… 입은 무엇을 붙이나. 가만 있자, 부엌에 마른 고추가 있으니 그걸 오려 붙이면 되겠네."

아이는 박수를 치며 좋아했다.

"네, 네. 좋아요."

아이는 갑자기 방으로 뛰어 들어가서 무언가를 갖고 나왔다. 그것은 자그마한 사진이었다.

"할머니, 이거……"

"아니, 이건……"

사진 속에서 아이의 젊은 엄마는 엷은 미소를 짓고 있었다. 서랍 속에 깊이 둔 것을 어떻게 알고 찾아냈는지 할머니는 알 수 없었다.

"이걸 어떻게 찾았어?"

아이는 새침해져 말이 없었다.

"할머니, 여기 엄마처럼 해주고 싶어요."

할머니는 눈시울이 뜨거워졌다.

"그게 소원이라면 그러자."

"네. 할머니."

"엄마가 몹시 보고 싶은가 보구나."

아이는 대답 대신 눈을 내리깔았다. 할머니는 손녀딸을 끌어안았다. 그런 후 방에 들어가서 서랍을 뒤지며 물건을 찾아 이내 마당으로 나왔다.

"이건 엄마의 옷이야. 네가 크면 주려고 한 벌 남겨 놓은 거다."

수박색 치마와 연두색 블라우스가 아이의 눈동자에 숨겨 놓은 보물처럼 반짝거렸다. 아이는 옷을 만지작거리기만 할 뿐 아무 말이 없었다.

할머니는 나뭇가지를 꺾어 눈사람의 몸통을 가로질러 팔을 만들었고 아이 엄마의 블라우스를 입혀 주었다. 그리고는 가위를 가져와 치마를 입힐 수 있게 바느질한 부분을 텄다. 눈사람에게 치마까지 입혀 주니 누가 봐도 젊은 여자처럼 보였다.

아이는 너무 좋아서 할머니를 보고 방글거렸고 눈사람에게 잠시도 눈을 떼지 않았다.

"근데 할머니, 머리카락이 없어요."

82

"아이고, 머리카락까지?"

"네."

할머니는 손녀딸이 안쓰러워 얼른 방에 들어가 또 뒤적거리더니 뭔가를 찾아 마당으로 나왔다.

"이 검은 털실로 머릴 하면 좋겠다."

아이는 신이 나서 말했다.

"네, 할머니."

할머니는 털실을 가위로 이리저리 잘라 사진 속 아이의 엄마처럼 한 갈래로 묶는 머리 모양으로 눈사람에게 붙여주었다. 그러자 아이는 또 박수를 치며 좋아했고 눈사람에게서 눈을 뗄 줄 몰랐다.

"정말 엄마랑 똑같아요."

손녀딸이 제 엄마가 얼마나 보고 싶으면 저럴까 싶으니 할머니는 가슴이 미어지는 것 같았다.

할머니와 아이는 추운 산골에서 눈사람과 한 가족처럼 지냈다. 아이는 눈만 뜨면 눈사람 엄마 옆에 가서 놀았다. 눈사람 엄마에게 말을 붙이고 아이가 대답을 하는 걸 바라보는 할머니는 마음이 쓰렸지만 해줄 일이 별로 없다는 것을 알기에 묵묵히 지켜보고만 있었다.

'아비라도 좀 연락을 하고 살면 좋을 텐데, 돈 벌러 서울로 간

다더니 아무 소식도 없고…… 아이고 불쌍한 것, 저 어린 것이 무슨 죄야.'

할머니는 툭하면 속상해서 중얼거리곤 하다가 마지막으로는 크게 한숨을 토해 냈다.

'아이고, 명도 짧기도 하지. 시퍼렇게 젊은 것이 저렇게 어린 애를 두고 어떻게 가냐고.'

그러면서 연이어 팔자타령을 했다.

'이놈의 사나운 팔자……'

어느 추운 날 여느 때처럼 마당에서 눈사람 엄마와 놀고 있던 아이는 할머니에게 말을 했다.

"할머니, 엄마는 어디로 갔어요?"

할머니는 손녀딸의 말에 한숨을 쉬었다. 이제 아이가 조금씩 자라니 그런 의문이 생기는 것이라고 생각했다.

"응, 그건…… 엄마는 땅에서는 못 살아. 저기, 하늘에서 산단다."

아이는 목을 젖혀 하늘을 쳐다보며 말을 이었다.

"저기 하늘이요? 멀어요?"

"그럼. 아주아주 먼 곳이지. 아무도 살아서는 그 나라에 간 사람이 없어."

아이는 표정이 일그러지면서 말을 했다.

"그럼 눈이 하늘에서 오니까, 눈 나라에 엄마가 살고 있겠네요?"

"응. 말하자면 그렇지."

아이는 하늘을 바라보다가 눈사람 엄마에게 한참 동안 눈길을 주었다.

"여기 소포 왔어요."

할머니와 아이는 점심을 먹고 있다가 그 말에 할머니가 마당으로 나왔다. 우편배달부가 무언가를 들고 있었다.

"아이고 무슨 소폰가?"

"네. 할머니. 이거 받으세요."

할머니가 보니 아들이 보내온 것이었고 제법 부피가 컸다.

"마루에 좀 앉아요."

"네."

할머니는 처음 받는 소포에 얼떨떨해졌고 이리저리 살펴보았다.

"꽤 크네."

우편배달부는 할머니의 주름진 미간을 보며 말했다.

"선물인가 봐요. 좋으시겠어요."

할머니는 아주 밝은 얼굴로 말했다.

"잠깐 거기 좀 있어 봐요."

할머니는 금세 부엌으로 가더니 유리잔에 식혜를 담아내 왔다.

"이거 내가 만든 식혜예요. 목마를 텐데 쭉 넘겨 봐요."

우편배달부는 반가운 기색으로 말했다.

"그렇잖아도 목이 말랐는데 고맙습니다."

우편배달부가 식혜를 마시고는 말했다.

"잘 마셨습니다. 안녕히 계세요."

"살펴 가셔."

할머니는 소포를 방으로 가지고 들어왔고 아이는 그것을 보고는 몹시 궁금해졌다.

"할머니 이게 뭐예요?"

"응 아빠가 보내온 거야."

그 말에 아이는 좋아서 어쩔 줄 몰랐다. 할머니가 소포를 급히 풀자 편지 한 장과 두 벌의 방한복이 보였다. 할머니는 곧 편지를 집어 들었다.

"이거 아빠가 쓴 편지다."

아이는 눈을 반짝거렸고 할머니는 돋보기를 꺼내더니 읽기 시작했다.

어머님께

그간 안녕하셨어요?

제가 소식을 안 드려서 많이 궁금해하시고 염려하셨을 거예요.

자리를 잡으면 연락을 하려다 보니 이제야 펜을 들었습니다.

죄송합니다.

어머님도 건강하시고 달래도 잘 있겠지요?

저는 다행히 일을 갖게 되어 열심히 하고 있습니다. 좀 바쁘긴
하지만 제때 월급 나오는 괜찮은 직장에 다니고 있습니다.

서울이 좋긴 좋아요. 몇 년 후 여기서 우리 가족 모두 살았으
면 좋겠어요. 돈이 좀 들기는 하지만 제가 아직 젊으니까 시작해
야지요. 애가 학교도 다녀야 하니 산골보다는 이런 데가 훨씬 나
을 것 같아요.

제가 운이 좋아요. 좋은 사장님을 만나 기술도 배우고 저를 인
정해 주셔서 앞으로 사는데 아무 문제가 없을 거예요.

여기 동봉한 것은 어머님과 달래의 옷이니 추운 겨우내 따뜻하
게 입으세요.

내년 이맘때쯤 집에 가보려 합니다.

어머님이 애를 잘 키워주시니 제가 마음이 든든합니다.

추운 겨울 감기 조심하시고 늘 건강하세요.

못난 아들 드림

편지를 읽고 난 할머니는 미소가 절로 나왔다. 소식 없는 아들
이 걱정이 되고 원망스러웠는데 이제야 속이 좀 풀리는 것 같았
다. 할머니는 잠시 생각에 잠기는 듯했다. 그러더니 아이의 **뺨**을

어루만지며 말했다.

"아빠가 너를 위해서 아주 열심히 일을 하고 있데. 일이 잘 되면 집에 오려고 했나 보다. 내년에 이맘때쯤 너를 보러 온단다."

아이는 좋아서 어쩔 줄 몰랐다.

"빨리 내년이 됐으면 좋겠어요."

"그래."

할머니는 아이의 손을 잡고는 말을 이었다.

"아빠 오면 뭐 할래?"

아이는 눈빛을 반짝이며 말을 꺼내기 시작했다.

"아빠랑 재미나게 놀래요. 그리고…… 내년에도 눈사람 엄마를 만들 거예요. 예쁜 눈사람 엄마를 보여줄 거예요."

할머니는 손녀딸이 측은해졌다.

"내년 겨울에도 눈사람 엄마 만들 거야?"

아이는 미소를 지으며 말했다.

"그럼요. 올해보다 더 예쁘게 만들 거예요."

할머니는 코끝이 시큰해졌다.

"그러자. 내년에는 더 잘 만들자."

할머니는 아이의 마음을 떠보려고 말을 꺼냈다.

"근데…… 아빠가 사는 서울에 가서 살면 좋겠니?"

아이는 눈을 깜박이더니 뭘 생각하는 듯했다.

"난 여기가 좋아요. 엄마가 여기 있는 것 같으니까요."

할머니는 손녀딸의 마음을 알고는 서글픈 느낌이 들었고 갑자기 생각이 많아졌다.

"네가 학교에 가려면 이런 산골보다는 서울이 좋아."

"저 아래…… 한참 가면 학교가 있다고 했잖아요."

"그래. 있기는 있지만 버스를 타고 가야 해. 거기다 촌구석 학교라……"

할머니는 곧 선물로 방한복을 꺼냈고 아이는 박수를 치며 좋아했다.

"할머니. 내 건 빨간색이에요. 참 예뻐요."

"그래 참 예쁘구나. 어디 입어 보자."

할머니는 아이에게 옷을 입혀 주었다. 크기는 조금 크지만 자라는 아이에게는 맞는 치수였다.

"입으니까 꼭 공주 같네."

아이는 입이 벌어진 채 다물 줄 몰랐다.

"나 정말 공주 같아요?"

"그럼. 공주가 이 산골에 놀러 온 거야."

아이는 옷을 입은 채 빙글빙글 돌며 꺄르르 꺄르르 웃었고 그것을 보며 할머니는 매우 흡족해했다.

눈이 촘촘히 산골의 풍경을 메워가는 어느 날 점심밥을 먹은 후 이웃집에 다녀온 할머니는 손녀딸이 눈에 띄지 않는다는 것을 알았다. 할머니는 집 구석구석을 찾아다니며 손녀딸을 불렀다.

작은 집이라 별로 숨을 데도 없기에 할머니는 가슴이 철렁 내려앉았다. 아무리 불러도 대답이 없고 어딜 찾아봐도 손녀딸은 흔적조차 보이지 않았다.

어느덧 눈이 폭설로 바뀌자 할머니는 걱정이 태산 같았다. 뭐가 잘못된 건지 아무리 생각해 봐도 잡히는 게 없었다. '애를 데리고 나갔어야 하는데……' 낮잠에 빠진 손녀딸이 그대로 한숨 푹 잘 것이라 생각하며 안심하고 나간 게 큰 잘못이었다는 생각이 들었다. 이어 온몸의 뼈마디까지 훑은 한숨이 터져 나왔다.

할머니는 곧 이웃들에게 알렸고 이웃집 어디에도 손녀딸이 보이지 않자 모두가 아이를 찾기 위해 길을 나섰다.

폭설이 쏟아지지만 그리 추운 날이 아니어서 손녀딸이 어디서 헤맨다 해도 춥지 않아 그나마 다행이라고 할머니는 생각했고 실오리 같은 희망의 끈을 놓지 않았다. 아니, 그럴 수가 없었다. 무슨 일이 있더라도 찾아야 했다.

눈 오는 날은 하늘에서 포근한 이불을 덮어 주는 것이라고 평소 손녀딸에게 해준 말을 되씹으며 할머니는 조금이나마 위안을 찾으려 했지만 그것도 잠시, 할머니는 속이 탈 대로 탔다.

"애가 어딜 갔나? 어딜 가서 헤매다 얼어 죽지는 않을까? 빨리 찾아야 할 텐데"

그때 이웃 한 사람의 결의에 찬 말이 마을을 울리는 듯했다.

"산 쪽으로 가봅시다. 어린애라 많이 못 갔을 거예요. 우리가 찾아보고 못 찾으면 경찰에 알립시다."

또 다른 이웃이 말을 덧붙였다.

"폭설이 내리는 오지라 경찰을 부른데도 금세 오지 못하겠지요."

다른 이웃 한 사람이 말했다.

"그러니 어떻게든 우리가 찾도록 합시다."

이웃들은 모두가 자신의 가족 하나가 실종된 것처럼 마음을 다잡고 산길로 향했다.

아이 할머니는 사색이 다 되어 안절부절, 몸과 마음이 다 주저앉는 듯했다. 발이 푹푹 빠질 만큼 눈이 쌓인 산의 숲에서 일행은 둘씩 흩어져 사방을 뒤지며 아이를 찾아다녔다. 한 시간이나 되었을까, 어느 이웃의 목소리가 숲을 크게 울렸다.

"저기 뭐가 보여요."

그 소리를 듣고 다른 이웃들이 걸음을 재촉했다. 다들 서둘러 소리가 나는 산의 중턱으로 향했다.

멀리서 보니 아이의 빨간 새 방한복이 하얀 눈 위에 한 송이 꽃처럼 피어난 것 같았다. 그러나 아이 할머니의 눈에는 아이가 흘린 피로 보였고 그걸 보자 그대로 쓰러졌다. 동네 사람들은 어쩔 줄을 몰라 안절부절했다.

"이거 큰일 났네. 큰일 났어."

"달래 할머니— 눈 좀 떠보세요."

아이에게로 다가가는 사람들과 정신을 잃은 할머니를 깨우려
는 사람들이 엉키면서 금세 아수라장이 되었다.

다행히 손녀딸을 기어코 찾아야 한다는 생각 때문이었는지 아
이의 할머니는 얼마 후에 눈을 떴다. 그리고 모두가 아이에게로
가까이 갔다.

아이는 눈 위에 반듯하게 누워 있었다. 사람들이 눈을 까뒤집
어 보았고 맥을 만져 보았다. 다행히 살아 있어서 모두가 감사의
눈물을 머금고 있었다.

아이 할머니는 울먹울먹하면서 손녀딸을 흔들었다.

"달래야 달래야. 할머니 왔다. 눈 좀 떠봐. 응? 제발—"

이웃 한 사람이 제 옷을 벗어 아이의 등 밑으로 밀어 넣어 주었
고 다른 사람 하나가 자신의 외투를 벗어 덮어 주었다. 그리고는
모두가 아이의 몸이 따뜻해지게 비비고 만져 주었다.

얼마 후 아이는 마침내 눈을 떴다. 이웃들은 기뻐서 소리를 질
렀다.

할머니는 눈물을 글썽거리며 손녀딸을 일으켜 안았다. 손녀딸
등의 눈을 털어 주며 눈물이 쏟아졌다.

"내가 잘 봐야 했는데, 미안하구나."

할머니가 손녀딸을 쓰다듬으며 살펴보니 다행히 다친 데 하나
없이 멀쩡한 것 같았다. 할머니는 손녀딸에게 속삭이듯 말을 꺼

냈다.

"네가 왜 여기까지 온 게냐? 뭐 하러 혼자서 돌아다녔어?"

아이는 눈물을 글썽이며 대답을 했다.

"엄마를 만나려고요. 엄마가 하늘에 산다고 했잖아요. 하늘에 가려면 높은 데로 올라가야 하니까요."

할머니는 어이가 없어서 말이 나오지 않았다. 그러더니 아이는 미소를 지으며 말을 이었다.

"할머니, 그런데 엄마를 만났어요. 우리 집에 있는 눈사람 엄마가 나한테 왔어요. 하늘에서 내려온 거래요. 눈사람을 만들 때 엄마가 굴려 주었대요. 내가 힘이 들까 봐 엄마가 온몸으로 눈살을 붙여 주었어요. 그리고 엄마 옷을 입혀 주어 따뜻하고 너무 좋았다고 했어요. 내가 클 때까지 겨울이면 눈사람 엄마가 올 테니 엄마가 사는 하늘에 다시는 올 생각을 하지 말라고 했어요. 이다음에 아주 커서 할머니가 되면 오래요. 엄마가 허락하면 그때 오라고요. 저는 엄마랑 새끼손가락을 걸고 약속을 했어요."

선물

거실 창으로 눈발이 흩날리는 게 보이자 노인은 아주 특별한 일인 양 오래 지켜보았다. 겨울이라고 해도 손에 꼽을 정도로 오는 눈에 목이 말랐던 탓인지 별다른 감흥에 젖는 것이었다.

'어서 오라, 어서 오라.' 눈은 지난날의 시간 속으로 노인을 이끌었다.

소파에서 일어난 노인은 방으로 들어갔다. 그리고는 몇 십 년의 세월을 노인과 함께 낡아가고 있는 장롱을 열었다.

장롱 깊숙이 손을 뻗어 오래된 종이 상자를 꺼냈다. 두 손으로 받쳐 들어야 할 정도로 제법 큰 상자였다. 노인은 상자를 들고 거실로 나갔고 소파에 앉자마자 천천히 상자를 열기 시작했다.

뚜껑을 열자 오색 빛이 노인의 얼굴에 쏟아졌다. 상자 안에서 크리스마스트리 장식품들이 오래 감았던 눈을 떴다.

노인은 마치 보석을 만지는 것처럼 조심스럽게 크리스마스트리 장식품들을 하나하나 꺼내 들여다보았다.

반짝반짝, 지난 세월이 그렇게 말을 하고 있는 것이었다. 반짝반짝, 귀한 것은 다 빛나는 이야기였다. 반짝반짝, 아직도 지워지지 않는 추억이 숨을 쉬는 모습이었다.

노인은 눈을 지그시 감으며 몇 십 년의 시간을 거슬러 반짝반짝한 세계로 들어가고 있었다.

여자는 반지하 방에서 앓고 있었다. 몸이 아픈데, 몸이 아픈 것보다 훨씬 더 마음이 아프다고 그녀는 생각을 했다.

그녀는 겨울의 한복판에 잎을 다 떨군채 서 있는 나무처럼 모진 바람에 휘둘리면서도 어떻게든 이 힘든 고비를 넘겨야 한다고 생각했다. 왜냐하면 그녀에게는 너무도 사랑스러운 어린 딸이 있기에.

방금 밖에서 들어온 딸아이가 사탕만 한 눈 뭉치를 건네며 말을 했다.

"엄마, 눈이 와. 이것 좀 봐─."

그녀는 미소를 지으며 대답을 했다.

"추운데 나가서 눈을 가져왔구나. 눈이 오는 지도 몰랐네."

"안 추웠어. 나가봤는데 눈이 오잖아."

그녀는 없는 창을 향해 괜한 눈길을 주다가 그만두었다.

"너 심심하지?"

아이는 대답 대신 녹은 눈을 손가락에 비비고 있었다.

"엄마가 빨리 나아서 놀아 줄게."

아이는 그제야 말을 했다.

"응 엄마 빨리 나아."

미혼모인 그녀는 어린 딸을 두고 제대로 된 일을 할 수가 없었다. 그렇지만 시간제로 잠깐씩 일을 하기에 딸아이와 함께 보내는 시간이 많은 게 다행이라고 생각해왔다.

그럼에도 최소한의 먹고사는 일은 늘 힘든 형편이었지만 몸만 건강하다면 일 다운 일을 해서 딸아이와 먹고사는데 별문제가 없다고 생각했다.

그런데 병에 걸려 덜컥 눕다 보니 만 가지 생각이 다 한 구덩이를 파는 기분이었다. 버티고 버티다 여기까지 와서 두 손든 그녀에게 미래는 감을 잡을 수조차 없을 만큼 캄캄했다.

이런저런 생각이 궂은 눈발처럼 날린다고 생각하고 있을 때, 초인종 소리가 났다. 아이는 얼른 현관 쪽으로 달려갔다.

"누구세요?"

밖에서 남자의 목소리가 들려왔다.

"소포예요."

아이가 문을 열자 소포를 배달하는 남자가 커다란 상자를 들고 있었다. 어른이 보이지 않자 그 물건을 현관 안쪽에 들여놓고 갔다.

"엄마, 뭐가 왔어요."

그녀는 몸을 일으켜 힘겹게 방을 나왔다.

"아니…… 우리 집에 올 게 없는데…… 잘못 왔나?"

그녀는 발신자를 확인하느라 상자에 붙여진 종이를 이리저리 들여다보았다. 희미해서 거의 알아볼 수 없는 글자가 낯선 이름인 것만은 분명했다.

그러나 굵은 펜으로 쓴 수신자의 이름은 자신의 이름이었다. 그녀는 상자를 뜯었고 아이는 호기심 어린 눈을 반짝거렸다.

"아, 예쁘다."

"아니, 이건……"

여자와 아이는 거의 동시에 탄성이 튀어나왔다. 두 사람은 뜻밖의 눈부심에 깜짝 놀랐다. 상자 안에는 색색의 크리스마스트리 용품들이 한가득 빛을 뿌리고 있었다.

두 사람은 상자 안의 크리스마스트리 용품들을 꺼내 늘어놓았다.

창문에 늘어뜨릴 수 있는 색색 반짝이 술 줄과 플라스틱 소나무와 크리스마스트리를 꾸밀 예쁜 장식품들이 때를 기다렸다는 듯 얼굴을 빛내고 있었다.

"엄마, 이거 너무너무 예뻐."

"그래. 정말 예쁘고 멋지구나."

"근데 누가 보낸 거야?"

"글쎄, 알 수가 없구나. 분명 우리 집을 찾아온 건 맞는데 말이야."

"그럼 그냥 우리가 가져도 되는 거지?"

여자는 대답 대신 아이의 볼을 쓰다듬어 주었다. 크리스마스트리 용품으로 집을 꾸미는 여자와 아이는 즐거운 손놀림으로 분주했다.

그녀는 장식용 소나무에 반짝이 줄을 감았고 아이는 갖가지 장식물들을 매달았다. 태어나 한 번도 해 보지 못한 즐거운 놀이에 아이는 신이 났고 무엇보다도 눈부신 크리스마스트리 덕분에 마음이 그지없이 환해졌다.

그 겨울, 여자와 아이는 더없이 따뜻하고 행복했다. 두 사람은 크리스마스트리를 보면서 갖가지 상상을 했다. 그녀의 상상력을 그대로 빼닮은 아이와 함께 즐거운 상상의 나라로 들어가는 것이었다.

"이곳은 반짝반짝 빛나는 세상이구나. 그렇지?"

"네 엄마. 그래서 좋아요."

"그리고 집들은 울창한 숲으로 둘러싸여 있고."

"그리고 집들마다 보물이 있고요."

"호호호. 넌 어떤 보물이 제일 맘에 드니?"

아이는 가지가지 트리 장식품들을 둘러보더니 머리를 들어 소나무 꼭대기에 걸린 은빛 별을 가리켰다.

"저거요. 별."

"으응 별…… 제일 높은 데 있구나."

그러더니 이내 아이가 눈을 돌려 트리에 매달린 깍두기만 한 금빛의 종이 상자를 가리키며 말을 했다.

"네. 그렇지만 여기에 매달린 선물 상자도 맘에 들어요."

"그래? 왜 다른 것도 있는데……"

"왜냐하면요, 저 금빛 상자 안에 어떤 선물이 담겨 있는지 매일매일 궁금하니까요. 빨간 리본을 풀면 멋진 게 튀어나올 것 같아요."

"호호. 그래 네 말이 맞아. 저 상자는 우리가 원하는 게 담겨 있을 거야. 매일매일이 다르니 참 재미있는 거지. 지금은 저 상자 안에 무엇이 담겨 있으면 좋을 것 같아?"

"아, 지금요?"

아이는 잠시 생각을 하는가 싶더니 이내 말을 이었다.

"저 꼭대기의 별로 가는 지도가 있었으면 좋겠어요."

"별이 그렇게 좋아?"

"네. 하늘에 있는 진짜 별이 너무너무 좋거든요. 그 별이 우리 집에 찾아온 거니까요."

그녀는 잠시 생각에 잠겼다. 그리고는 말을 이었다.

"자, 여기를 봐. 이 반짝이 줄이 저 꼭대기까지 감겨 있지? 바로 이 빛 길을 타고 별로 가는 거야."

아이는 박수를 치며 좋아했다.

"엄마 말이 맞아요. 이 반짝이 줄이 길이에요."

여자는 힘을 주며 말을 이었다.

"그런데 말이지, 저 꼭대기로 가려면 이 반짝이 줄처럼 반짝 반짝한 사람이 되어야 해. 아무나 그 길을 갈 수 있는 게 아니거든."

"네. 그럴 것 같아요."

자신의 말을 척척 알아듣는 아이를 보며 여자는 흐뭇해져서 말을 이었다.

"참 영리하기도 하지. 그럼 어떤 사람이 되어야 하지?"

"내 몸에서 빛이 나야지요."

"그래? 네 몸에서 빛이 어떻게 나?"

아이는 할 말을 놓친 채 여자를 물끄러미 쳐다보았다.

"갑자기 어려워졌지? 호호호. 네 몸에서 빛이 나는 게 아니고 네 마음에서 빛이 나야 하지. 가슴에서 말이야."

"아, 가슴이요?"

"그래, 가슴에는 마음이 담겨 있단다. 마음이 어두우면 빛을 잃어버리는 거야. 그 빛은 네 마음이 명랑하고 즐거울 때 반짝거리지. 마음이 빛을 잃으면 몸마저도 빛을 잃게 돼. 그리고 밝은 일을 할 때 빛은 더욱 반짝거려. 착하고 고운 마음 안에 빛이 생기지. 앞으로 네가 그렇게 잘 살면 저 꼭대기의 별로 가게 될 거야. 무슨 일이 있어도 사라지지 않는 별을 품게 될 거야."

"엄마, 별로 가는 지도가 없어도 엄마 말대로 하면 저 별로 가겠네요."

"그렇지. 별이 하늘에만 있는 게 아니거든. 네가 크면 알게 될 거야."

아이는 잠시 생각에 잠기더니 말했다.

"제가 빛나는 별이 되면 되겠네요."

그녀는 아이의 말을 듣고 깜짝 놀랐다. 그리고는 아이를 꼭 껴안으며 말했다.

"아이고, 참 영리하기도 하지. 벌써 알았네."

"근데 엄마도 별이 돼야 아프지 않잖아요. 마음이 빛을 잃으면 몸도 빛을 잃는다고 했잖아요."

그녀는 그 순간 아이의 말에 비수가 꽂힌 것 같았다. 어린 딸을 가르친다는 게 제 마음 하나 다스리지 못하고 있었다는 것을 깨달았다. 그녀는 눈물을 글썽거리며 대답을 했다.

"맞아. 내가 너보다 못하구나. 나도 이제부터 별빛이 되어 하루하루를 살아야지. 그러면 엄마 건강도 좋아질 거야."

"네, 엄마. 산타 할아버지가 우리 집에 오신 거네요."

갑자기 현관문 여는 소리가 나자 추억에 잠겨 있던 노인은 눈을 떴다.

"엄마, 나 왔어요."

"아니, 연락도 없이 왔네."

"그럴 때도 있지요 뭐. 호호호. 오늘 강의가 없어서 잠깐 들렀어요. 엄마랑 점심 먹고 가려고 해요. 엄마가 제일 좋아하는 갈비 사 왔어요."

딸은 사 온 구운 양념 갈비를 내밀고는 노인의 볼에 입을 맞추었다. 보니, 크리스마스트리와 장식품들이 눈에 한가득 들어찼다.

"근데, 이거……"

"응, 너도 잘 알잖아."

"어렸을 적에 겨울이면 우리가 끼고 살았던 크리스마스트리 아니에요?"

"그래. 눈이 오니 옛날 생각이 나서……"

"아이고 엄마, 지금까지 버리지 않았네요."

"이걸 어떻게 버리겠냐?"

딸은 어려웠던 어린 시절을 떠올리고는 눈물이 맺혔다. 노인은 말을 이었다.

"그때 아무 희망도 없이 어두웠던 때 이 보물이 우리를 살린 거지. 난 덕분에 건강을 되찾았고 너는 원대로 반짝반짝 잘 컸으니……"

여자는 짙은 어둠 속으로 고여 가는 분위기를 살리고 싶었다.

"엄마, 내일이 크리스마스 날인 걸 아셨나 봐요?"

"그래? 난 몰랐는데……"

여자는 밝은 표정과 즐거운 목소리로 말했다.

"엄마, 내일 우리 집에 누가 올 거예요."

노인은 깜짝 놀라 말했다.

"아니, 누가? 그것도 성탄절에……"

여자는 자신만만하게 말했다.

"호호호. 남자 친구가 생겼어요. 그래서 엄마에게 소개하려고 요."

노인은 그 말에 눈물이 글썽거리기 시작했다.

"그래. 잘 했다. 잘 했어."

40이 넘어 아직도 짝을 찾지 못한 딸을 얼마나 염려하고 있는 지 누구보다 잘 알고 있는 딸이었다. 노인은 눈을 반짝이며 물었다.

"그래 어떤 사람이냐? 나이는? 네 나이에 걸맞은 총각이 쉽게 보이지 않았을 텐데……"

여자는 금방 말이 떨어지지 않았고 잠시 숨을 고르더니 털어놓 았다.

"직장에 다니는 평범한 사람이에요. 근데 나이가 저보다 3살 아래에요."

노인은 가볍게 한숨을 쉬더니 말을 이었다.

"너보다 어린 게 문제구나."

"그래서 저도 처음에는 가까이하려 하지 않았어요. 근데 제가 좋다니 어쩌겠어요? 그리고 요즘은 연하랑 결혼하는 사람들이 늘었어요. 부끄러운 일도 아니고요."

노인은 안타까운 마음으로 말했다.

"나잇값을 하는 사려 깊은 사람을 만나길 바랐는데……"

여자는 고개를 끄덕거리며 한마디를 했다.

"근데 그 사람은 어른스러워요. 저보다 더……"

노인의 얼굴이 좀 펴지는 듯했다.

"그러냐? 그렇다면 다행이지."

여자는 자신의 엄마가 꺼낸 크리스마스트리 용품들을 만지작거리기 시작했다.

"엄마, 이거 가지고 이번 크리스마스 장식을 할까요?"

노인은 미소를 띠었다.

"그러자. 요즘 나오는 것보다 좀 촌스럽기는 해도 우리한테는 아주 예쁘고 소중한 물건이니까."

"이따가 퇴근해서 매달아 놓을 게요. 아 참, 오늘은 저녁을 먹고 들어오니 좀 늦겠네요."

"그래 내일 하면 되지."

여자는 잠시 생각에 빠졌다. 이 선물 때문에 자신의 엄마가 병을 털 수 있었고 엄마와 자신을 버린, 얼굴도 못 본 아버지에 대한 막연한 그리움 같은 게 생겼다는 것을 숨기고 살아온 것이었다.

그러나 딸의 가슴 언저리에는 차마 뱉을 수 없는 말이 자신을 짓누르고 있었다. 한 번도 밖으로 드러내 보지 못한 아버지라는 말은 깊은 가슴 안에 꽁꽁 묻어 놓아야 하는 금기의 단어인 셈이었다.

두 사람 사이의 말 없는 약속은 굳은 입술을 한 번도 벌리지 못한 채 세월에 내맡기고 흘러갔던 것이었다. 그것을 드러내는 일이 엄두가 나지 않는다고 생각해 온 것이었다.

노인에게는 나쁜 기억을 불러일으키는 일이고 여자에게는 자신을 버린 아버지를 꺼내, 굳이 상처를 들추는 일이 언짢고도 의미가 없다는 생각이 든 것이었다. 여자에게 아버지라는 말은 아직도 그 깊이를 모르는 어두움을 거머잡고 밖으로 나올 줄 모르는 것이었다.

세월이 흐르자 어떤 때는 그 어둠의 실체가 정확히 무엇인지 잘 잡히지 않는다는 느낌이 들긴 했다. 한 가지 분명한 것은 자신의 엄마와 자신 사이의 금지된 명칭, 금기 사항…… 이런 데서 자유로울 수 없다는 현실이었다.

언제까지 먼지에 덮이고 모래에 묻어 두어야 하는 아버지인지 여자는 제 엄마의 눈치를 보면서 살아온 것이었다.

갑자기 노인은 아주 어려운 말을 꺼내려는 듯 머뭇거리더니 마침내 말을 꺼내기 시작했다.

"네게 해줄 말이 있어."

노인은 어디서부터 이야기를 끄집어내야 할지 머릿속이 복잡해졌다.

　"이제 내가 늙고 보니 언제 갑자기 갈지 모르겠고 해서…… 언젠가는 네게 숨김없이 다 털어놓아야겠다고 생각은 해 왔지."

　여자는 자신의 엄마가 무언가 숨긴 이야기가 있었나 보다 짐작했다.

　"엄마, 뭐든지 이야기하세요."

　노인은 입술이 마르는 것을 느끼며 말을 이었다.

　"음, 내가 무슨 말을 해도 놀라지 마라."

　여자는 저절로 긴장이 되었으나 편한 목소리로 말했다.

　"저도 이젠 40이 넘었는데…… 무슨 말을 들어도 괜찮은 나이에요."

　노인은 말이 잘 안 떨어지는 듯 머뭇거리더니 곧 말을 쏟아냈다.

　"너의 아버지는 나 만나기 전에 이미 가정이 있었단다."

　여자는 깜짝 놀랐고 노인은 다시 말을 이었다.

　"아내와 아들이 있었지."

　여자는 그런 생각을 털끝만큼도 해 본 적이 없었기에 크게 놀랐다. 노인은 말을 이었다.

　"네 아버지가 나를 속인 거야."

　여자는 제 귀를 의심했고 아버지에 대한 분노가 밀려오기 시작했다.

"내가 너를 배고 나니까 그제야 나한테 털어놓았단다. 정말 하늘이 무너지는 것 같았다. 너의 아버지는 아이를 지우라고 했고 나는 혼자서 키우겠다고 우겼어. 결국 헤어질 수밖에……"

아버지에 대한 분노는 잔잔한 해안가에 마침내 거대한 쓰나미를 일으키는 것 같은 기분을 여자에게 들게 했다. 그리고 여자는 자신의 엄마가 너무 불쌍해서 쳐다볼 수 없었다.

노인은 격랑의 파도를 타듯 다음 말을 이어갔다.

"애초부터 맺어지기 어려운 만남인 거지. 너의 아버지는 그것을 알고 있었고 나는 아무것도 모른 채 앞날을 계획하고 사귀었으니까."

여자는 자신의 아버지에 대한 미운 감정과 엄마에 대한 연민이 한 데 엉겨 얼굴을 감싸고 울기 시작했다. 너무나 서러웠다. 엄마의 설움을 자기 것으로 모조리 끌어당기니 더욱 울음이 복받치는 듯했다.

노인은 어느 정도 예상한 일이었지만 딸이 이렇게까지 격한 반응을 보일 줄은 미처 생각하지 못해서 크게 당황했다.

노인은 자신의 딸을 깊이 안았다. 그리고는 마음의 말을 딸에게 들려주는 듯 등을 천천히 부드럽게 어루만졌다.

'그래 마음껏 울어. 꺼내지도 못하고 울지도 못 한 세월이었구나.'

두 사람은 슬픔과 회한에 엉겨 한 몸뚱이가 된 것 같았다. 그대로 무덤 속 같이 따뜻하고 고요한 어딘가로 묻히고 싶다는 생각을 했다. 아니, 현실이 아닌 그 어딘가 평화로운 곳으로 순간 날아가 버리고 싶다는 느낌이 들었다.

노인은 더 이상 숨길 게 없다는 생각이 들어 말을 다시 풀어놓았다.

"너한테는 숨겼는데…… 네가 중학교에 들어갈 무렵 네 학자금이라며 아버지가 돈을 보내왔단다. 세상을 떠나기 전에 처음이자 마지막으로 아비 노릇을 하고 싶었나 보다 했지. 그 뒤 어느 정도 네 아버지에 대한 미움이 가시긴 했지만…… 그런 아버지를 용서하는 일이 참으로 힘이 들었단다. 살아오면서 무던히도 노력했지."

여자는 눈물을 닦으며 자신의 엄마를 쳐다보았다. 파도가 지나간 뒤의 바다처럼 고요한 눈에는 오랜 세월에 씻겨 맑아진 눈물의 여운 같은 것이 드리워져 있다고 생각했다.

여자는 자신의 엄마가 이미 아빠를 다 용서했다는 것을 알았고 자신도 그것을 따라야 한다는 생각이 들었다.

용서는 전염성이 강했다. 마음과 마음이 서로를 받아들이느라 한 번 더 큰 파도에 맡겨지다가 곧 잔잔해지는 것이었다.

딸은 노인을 꼭 껴안았다. 지난 시간을 지나 온 눈은 말 없는 말의 여운으로 내리기 시작했다.

시
골
길

여자는 콧속으로 한기가 빨려 들어옴을 느끼고는 걸음을 재촉
했다. 읍내의 중심을 조금만 벗어나도 거칠 것 없는 자연과 겨울
바람이 마구 할퀴는 듯했다. 호젓한 길의 꽁꽁 언 땅을 밟으며
그녀는 길가 나무들의 생명력을 떠올리고 있었다.

겨울이면 죽은 듯이 보이는 나무가 봄이 되어 잎을 피우는 것
으로 나무의 겨우살이를 겨우 들여다볼 뿐이라고 생각했다. '나
무들도 춥겠지.' 야트막한 구릉과 과수원과 밭 같은 것들은 눈 오
는 겨울이라면 시골의 잘 차려진 풍경으로 아름다웠을 텐데 지금
은 온통 쓸쓸함과 삭막한 풍경으로 다가와 그녀의 눈을 더욱 지
치게 했다.

학교 앞까지 가는 버스가 있기는 하지만 한 번도 타 본 적이 없

었다. 자취방은 학교에서 사십 분쯤 되는 거리에 있었고 자연이 주는 매력을 원 없이 느끼기 위해 걸어 다녔다. 교직에 선 첫 발령지가 시골이라는 것에 그녀는 참으로 만족했다. 서울에서 태어나 서울을 한 번도 벗어나 본 적이 없는 그녀에게 이런 시골이야말로 자신이 그리던 마음속 멋진 풍경화인 것이었다.

학교까지 반쯤 남은 길에서 그녀는 갑자기 누군가의 시선을 느꼈다. 그리고 눈길을 돌렸다.

아무렇게나 구겨진 밭 너머에 폐가 비슷한 집이 있었고 놀라운 것은 그 집 앞에 웬 중년 여인이 자신을 바라보고 있는 것 같았다. 그러나 중년 여인의 시선과 자신의 눈길이 모아진 건 우연의 일치일 뿐이라고 생각하며 걸음을 재촉했다.

다음 날이 되자 어제와 마찬가지로 그녀는 겨울의 쓸쓸함을 온몸으로 느끼면서 걷고 있었다. 폐가에 이르자 그때 또 자신을 쳐다보는 시선을 느껴 고개를 돌렸다. 어제 그 중년 여인이 자신을 바라보고 있었다.

언뜻 보니 중년 여인의 뺨과 손이 추위에 빨갛게 얼어 있었다. 그러나 그녀는 자신과 중년 여인의 시선이 마주친 것은 우연일 뿐이라고 생각해 버렸다.

그 후로도 그녀가 출근할 때면 중년 여인은 어김없이 집 밖에 나와 그녀를 바라보고 있었다. 그녀는 다 쓰러져 가는 폐가를 잠

시 훑어보았다. 그리고 연기가 나지 않은 굴뚝을 바라보며 너무
나 안쓰러운 마음이 들었다.

그런데 중년 여인은 그녀를 보며 미소를 짓는 것 같았다. 그것
이 그녀의 가슴을 더욱 아프게 했다. 무슨 사연이 있는 모양이라
고 생각했다.

아마도 자신과 비슷한 나이의 딸이 먼 데 살고 있어서 그리움
으로 자신을 바라보게 되었나 보다 생각했다.

이후로도 아침 출근길에는 늘 중년 여인이 등장했다. 그녀는
언제까지 이런 시선을 받아야 하는지 내심 불편하기도 했다.

무엇보다 중년 여인을 볼 때마다 불쌍한 느낌이 들어 어찌할
바를 몰랐다. 그렇게 생각하게 된 데에는 눈도 내리지 않는 겨울
의 춥고 삭막한 분위기가 한몫을 더 한 것이었다.

그녀는 그날, 다른 때보다 조금 일찍 길을 나섰다. 그 폐가 앞
에 이르니 어김없이 중년 여인이 자신을 바라보며 미소를 짓고
있었다.

그녀는 폐가 쪽으로 몸을 돌렸다. 그리고 성큼성큼 중년 여인
앞으로 걸음을 옮겼다. 하늘은 낮아서 눈이 올 듯했고 겨울치고
는 포근한 느낌이 드는 날이었다.

여자가 자기 쪽으로 오고 있다는 것을 안 중년 여인의 당황하
는 모습이 그녀의 눈에 선명하게 들어왔다.

"안녕하세요?"

중년 여인은 그녀의 인사에 몸 둘 바를 몰라 했다.

"아, 네. 여긴 어떻게……"

"지나가다 잠깐 들르게 되었어요."

"……"

그녀는 추위에 빨개진 중년 여인의 뺨과 손을 보며 말을 이었다.

"추우실 텐데 이렇게 밖에 나와 계시네요."

중년 여인은 손을 비빌 뿐 아무 말도 하지 않았다. 그녀는 말을 덧붙였다.

"밖에 나오신 지 오래됐나 봐요."

"……"

"무슨 사연이 있으신 거지요?"

중년 여인은 잠시 그대로 서 있더니 어렵게 말을 꺼냈다.

"저…… 괜찮으시다면 저의 집에 잠깐 들어오세요."

그녀는 중년 여인이 무언가 할 말이 있다는 것을 눈치챘다. 사람이 살 만큼 갖춰진 구석이 하나도 없는 낡은 집을 다시 한번 보며 그녀는 선뜻 대답을 했다.

"네. 감사합니다."

중년 여인은 겨우 붙어 있어 곧 떨어져 나갈 것 같은 쪽문을 열었다. 방에 들어가자마자 휙 덮치는 냉기에 그녀는 너무나 놀랐다. 중년 여인이 말을 꺼냈다.

"여기 앉으세요."

방바닥이 너무 차가워서 그녀는 또 한 번 놀랐지만 내색을 하지 않고 대답을 했다.

"네."

중년 여인은 나이가 육십이 다 된 것 같았다. 중년 여인은 한동안 말이 없었다. 무슨 말을 어떻게 꺼내야 할지 고심하고 있는 것 같았다. 그러더니 머뭇거리며 말을 꺼냈다.

"저…… 아침마다 제가 실례를 한 것 같아요."

그녀는 중년 여인을 최대한 편하게 해주려고 애를 쓰며 말을 했다.

"아니에요. 그냥 무슨 사연이 있나 보다 생각했어요."

중년 여인은 더욱 몸 둘 바를 몰라 했다.

"그게, 그러니까……"

그녀는 중년 여인의 손을 잡으며 말을 했다.

"괜찮아요. 무슨 말씀이든 전 괜찮아요."

중년 여인은 마침내 속내를 털어놓았다.

"이 길은 학교로 난 길이니 분명 선생님이리라 생각했어요."

"네. 맞아요. 여자 중학교에 있어요."

"우연히 밖에 나와 있었는데 이렇게 젊고 예쁜 선생님을 본 순간 너무나 가슴이 벅차서…… 그래서 선생님을 보려고 선생님 출근길에 매일 나와 있었던 거예요."

여자는 뜻밖의 말을 듣고 몹시 당황했다.

"아, 네…… 예쁘게 봐주셔서 고맙습니다."

중년 여인은 여자의 말에 힘이 난 듯 거침없이 말했다.

"선생님, 제 꿈이 바로 선생님 되는 거였어요."

"아, 그러시군요."

중년 여인은 마른 입술에 침을 돌리더니 말을 이었다.

"젊은 선생님을 보면서 젊었던 제 옛날의 모습을 입혀 보았어요. 상상을 한 거예요."

여자는 말 대신 고개를 조금 끄덕거렸다.

"아침 출근길의 선생님을 보는 시간이 제가 살아온 그 어느 때보다 행복했어요. 잠시나마 젊을 때로 돌아가 제가 마치 선생님이 된 양 마음이 설레는 느낌이 든 거지요."

여자는 그 마음까지 이해해야 한다는 것을 느꼈다.

"아, 그런 사연이 있으시네요."

여자의 눈에 한 쪽 벽에 걸린 옷가지 등이 들어왔고 보통은 볼수 없는 옷, 모자까지 걸려 있어서 깜짝 놀랐다.

"아니, 저건……"

중년 여인은 얼굴이 발그레해지며 머뭇거리더니 마침내 말을 꺼냈다.

"보시고 놀라셨을 거예요. 저 옷이랑 모자는 무당이 입는 거지요."

여자는 곧 침착한 표정으로 말했다.

"아 네. 무슨 곡절이 있으시겠지요."

중년 여인은 작심을 한 듯 말을 털어놓았다.

"제가 원래 여기 사람이 아니에요. 결혼을 했는데 자식 없이 일찍이 헤어졌어요. 그러니까 제가 남편과 헤어지고 난 후였어요. 어느 날 갑자기 열병 같은 게 찾아와 죽다가 살아났어요. 겨우 몸을 추스르고 난 뒤, 이상한 일이 벌어졌어요. 다른 사람을 보면 그 사람의 사정이 훤히 보이는 거예요. 그리고는 몸이 근질거리며 춤을 추고 싶더라고요. 그래서 수소문해 찾아간 곳은 다름 아닌 무당 집이었어요. 그 무당이 저를 보더니 자기처럼 무당이 되어야 한다고, 그렇지 않으면 병이 온다고 하더라고요. 그래서 작두를 탄 후 무당이 되었지요."

여자는 너무 놀라 입을 열 수가 없었다. 생전 처음으로 무당 이야기를 듣고 나니 기분이 묘했다.

"많이 놀라셨지요?"

"아, 조금요."

중년 여자는 말을 꺼낸 김에 자신이 살아온 일생을 남김없이 펼쳐 보이기로 작정했다.

"그 후 지방에서 무당 노릇을 했어요. 남이 보기에는 하찮거나 이상한 일이겠지만 저는 그때야말로 사는 것처럼 살던 때라고 생각해요. 다른 사람들의 고통을 들어주고 굿을 해주면 신기하게도 그 고통이 해결되는 일이 꽤 있었어요. 정말 사는 보람을 느꼈거지요. 물론 돈도 모았어요."

여자는 고개를 끄덕거렸다.

"그런데 그게 어느 날부터 약발이 안 먹히더라고요. 사람을 봐도 그 사정을 알 수가 없는 거예요. 더구나 굿을 해도 효험이 없고요. 때가 다 된 거지요. 딱 그만큼만 하라는 이야기인가 봐요. 그 후 쭉 허드렛일을 하며 살아왔어요."

여자는 특별난 인생을 살아온 중년 여인이 다시 보였다.

"그렇군요."

"그런데 그동안 모은 돈을 남에게 떼이고 이렇게 이곳 폐가까지 오게 된 거예요. 여기는 누가 나가라는 사람이 없어서 편하게 지내고 있어요. 차차 일을 하려고 해요."

여자는 고개를 끄덕거렸다.

중년 여인은 마지막 한 방울까지 자신의 존재를 짜내는 듯한 말을 했다.

"저기 무당 옷은 아까워서 두고 있어요. 혹시 언젠가 다시 제게 신기가 찾아올지도 모를 그때를 위해서인지도 모르지요. 그렇지만 별 기대는 안 해요."

"다시 그 일을 하고 싶겠네요."

중년 여인은 갑자기 얼굴이 환해지며 말했다.

"제가 이렇게 가족도 없이 살잖아요. 그 일을 할 때에는 다른 사람들과 섞여 외로울 틈이 없었어요. 딱한 사람들을 위한 일이라 참으로 보람을 느꼈고요."

여자는 그런 중년 여인이 이해가 갔다. 아무 일도 없이 이렇게 외롭게 살다 늙어버리면 어떻게 하나라는 염려가 절로 생기는 것이었다.

여자는 집 안을 둘러보더니 딱한 마음이 들어 소곤거리듯 간신히 말을 꺼냈다.

"그런데 이 집은 사람이 살기에는 너무 헐었네요. 너무 춥고요."

중년 여인은 얼굴을 붉히며 말을 했다.

"그렇지요?"

"불을 때도 잘 들어가질 않으니 안 때고 있지요. 그렇지만 괜찮아요."

여자는 가슴이 미어진 채 중년 여인을 물끄러미 바라보았다.

"추운 것도 습관이 되니 그리 추운지 모르겠어요. 오늘은 겨울치고는 포근한 날씨인 것 같아요."

여자는 맞장구를 치는 게 도리인 것 같은 생각이 들었다.

"네. 뭐든 습관이 되면 괜찮은 거지요. 추위를 잘 안 타시니 건강하신가 봐요."

중년 여인은 미소를 지었다.

"네. 다행히 아직까지 특별히 아픈 데는 없어요."

여자는 고개를 끄덕거렸다. 창호지 창문으로 비치는 아침의 흐린 빛마저 반쯤 얼어붙은 것 같다는 생각이 들자 그녀는 또다시 중년 여인이 불쌍해졌다. 그녀는 갑자기 무언가 생각난 듯 말을 꺼냈다.

"제가 읍내 방에 세 들어 살고 있는데 언제 제가 사는 집에 놀러 오세요."

중년 여인은 놀라는 표정을 짓고 있었다. 여자는 자신이 불쑥 던진 말에 스스로 놀랐다. 자신의 방이 따뜻하다는 걸 떠올리며 별생각 없이 절로 말이 튀어나온 것이었다.

그것을 아는지 중년 여인은 대답이 없었고 잠시 침묵이 이어졌다. 그러다가 여자는 정말로 중년 여인을 자신의 따뜻한 방에 초대하고 싶다는 생각이 간절해지는 것이었다.

"토요일이나 일요일에 놀러 오시면 돼요. 언제 모시러 올게요."

중년 여인은 더욱 놀란 듯 눈을 크게 뜨기만 할 뿐 아무 대답도 하지 않다가 상자 안에서 무언가를 뒤적거렸다. 아마도 소지품을 두는 상자인 것 같았다.

중년 여인은 거기서 얇은 책을 꺼내 들었다.

"이거 선생님 드릴게요."

여자가 보니 헤르만 헤세의 시와 에세이를 묶은 책이었다. 펼쳐보니 헤세가 그린 수채화까지 곁들여 있었다. 여자는 놀라 중년 여인을 새로운 눈빛으로 쳐다보았다.

"아, 참 예쁘네요."

중년 여인은 쑥스러운 듯 말을 내비쳤다.

"네. 정말 예쁘지요? 아주 오래된 거예요. 중학교에 다닐 때 제일 친한 친구가 준 선물이지요. 제가 가장 아끼는 물건이고요."

여자는 또 한 번 놀랐다. 그렇게 오래된 선물을 이때까지 간직하고 있다는 사실만으로도 대단한데 중년 여인과는 어울리지 않는 외국 시인의 시집을 귀중품으로 생각한다는 일이 아주 특별나게 느껴졌다.

여자는 시집을 넘겨보았다. 헤르만 헤세의 아름다운 수채화가 어느새 그곳 풍경으로 다가왔다. 종이 색깔은 누래졌지만 책은 그래도 깨끗하게 보관이 되어 있었다.

"이 귀한 것을 제가 받아도 될지요."

"제게 귀하니까 선생님께 드리고 싶은 거지요. 저보다는 선생님께 더 어울리는 책이에요. 그리고 이 선물을 주었던 친구를 찾을 길이 없어요. 한 번이라도 만나 보고 싶은데요. 학창 시절에 그 친구가 있어서 정말 따뜻했어요. 선생님처럼 마음씨가 고왔지요. 부모님이 이혼을 해 집안 분위기가 어두운 제게 큰 힘이 되어 주었어요."

"아, 좋은 친구였네요."

"제게 꿈과 희망을 주던 친구였어요. 이 시집을 읽으면서 현실 너머에 있는 아름다운 세계를 꿈꾸어 왔지요. 여기 그림 보세요."

중년 여인의 눈이 반짝반짝해지면서 시집에 그려진 그림들을 하나하나 짚어가고 있었고 여자도 덩달아 그림에 몰입하고 있었다.

"아, 참 좋네요."

"그렇지요? 그림을 들여다보고만 있어도 어떤 알 수 없는 느낌에 푹 빠지게 돼요. 저는 그것을 그리움이라고 생각하곤 했어요."

여자는 중년 여인의 말에 놀라워했다. 그렇다 정확히. 시집을 보면서 여자도 그리움 같은 정서가 물씬 배어 나온다고 생각했기 때문이었다. 중년 여인의 눈이 책의 한 페이지에서 머물렀다.

"여기 이 시와 그림 좀 보세요. 너무나 좋아요."

여자가 보니 구름이라는 제목의 시였고 그 배경으로 헤세의 수채화가 평화롭고 화사하게 그려져 있었다. 산이 굽이굽이 앉아 있고 호수와 나무와 빨간 지붕이 펼쳐 있는 전원 풍경이었다.

"네. 정말 너무나 아름답네요."

여자는 시를 단숨에 소리 내어 읽어 나갔다.

구름

말 없는 뱃사람, 구름이
머리 위로 떠가며
부드러운, 고운 베일로
야릇이도 마음을 울린다.

푸른 대기에서 솟아 나온
다채로운, 아름다운 세계,
그것이 신비로운 매력으로
때때로 마음을 사로잡았다.

땅 위에 있는 모두를 구원하는
가벼이 맑은, 투명한 거품,
너희들은, 더럽혀진 지상의
아름다운 향수 어린 꿈인가?

여자는 활짝 핀 미소를 마음껏 드러내며 말했다.
"시도 좋고 그림도 멋져요. 어려운 현실을 잊게 하는 분위기가
물씬 풍겨요."
"저도 그런 생각이 들었어요. 한참 들여다보고 있으면 순간 이
시와 그림 속에 제가 들어간 느낌이 들어요. 이 책을 누군가에게

줄 수 있어서 참 좋네요. 이렇게 뜻밖에요."

"그래도…… 제게 주면 허전하지 않으시겠어요?"

"아닙니다. 그걸 꺼내 자주 들여다보는 것도 아니고 그냥 상자 안에 묻어둔 거예요."

"아, 그럼 감사히 잘 받겠습니다. 제가 헤르만 헤세를 아주 좋아한다는 것을 아신 것 같아요, 호호호."

중년 여인은 흡족해서 미소를 지었다.

두 사람은 밖으로 나왔다. 때마침 함박눈이 내리자 중년 여인은 소녀처럼 좋아했다.

"눈이 오네요. 전 눈을 무척 좋아해요."

"저도 그래요. 시골이라 눈 오는 모습이 더욱 아름다워요."

중년 여인은 맞장구를 쳤다.

"시골에 사는 맛이 나지요."

여자는 중년 여인을 위해 없는 웃음이라도 긁어 예쁜 꽃잎처럼 뿌려 주고 싶었다.

"호호호."

중년 여인은 입을 가리며 따라 웃었다.

"호호호."

그녀는 중년 여인의 차디찬 손을 잡으며 말을 했다.

"전 이만 가 봐야겠어요. 또 놀러 올게요."

중년 여인의 눈에 이슬이 맺히는 것 같았다.

"출근 시간이 늦은 게 아닌지 모르겠어요."

"제가 남보다 좀 빨리 출근하는 편이라 괜찮아요."

"안녕히 가세요."

그녀는 발길이 떨어지지 않았다. 춥고 외롭게 사는 중년 여인이 너무나 불쌍해서 옆에 있어 주어야 할 것 같았다.

겨울은 이렇게 가혹하기도 한 것이라는 생각이 들었다. 중년 여인을 바라보면서 겨울나무 하나가 또 그렇게 겨울을 혹독하게 견디고 있다는 느낌이었다. 그녀는 눈물을 감추며 발길을 애써 돌렸다.

그다음 날 여자는 여느 때처럼 학교를 향해 걷고 있었다. 어제 내린 눈으로 보이는 풍경이 온통 하얗게 변해 있었고 걸을 때마다 신발이 푹푹 빠졌다. 뼈만 앙상한 나무에 하얀 살이 실하게 붙은 것을 보는 것도 좋았다. 눈을 즐기려면 이런 시골이 그만이라는 생각에 빠져 콧노래가 절로 나왔다.

참 아름답다는 탄성을 지르면서 길을 걷다가 폐가 근처에 다다랐을 때 잠시 숨을 고르며 쳐다보았다. 눈을 뒤집어쓴 폐가는 여전히 그대로인데 그 앞에 나와 있어야 할 중년 여인은 보이지 않았다.

여자는 이상한 생각이 들었다. 중년 여인이 어디 아픈 게 아닌지 걱정이 되었고 곧 급히 폐가로 다가갔다.

"아주머니, 아주머니……"

방 밖에서 중년 여인을 크게 크게 불렀으나 아무 대답도 들리지 않았다. 그녀는 부엌으로 걸음을 옮겼다. 다 낡은 부엌에는 아주 간단한 살림 도구만이 휑하게 열린 문으로 들어오는 바람을 끌어안고 있었다.

그녀는 집 주위를 잠시 돌아보다가 중년 여인이 없다는 것을 알자 방문을 힘껏 열어 보았다. 그러나 방에는 중년 여인의 그림자도 보이지 않았다. 벽에 걸린 옷 몇 가지조차 남아 있지 않은 빈방이 그녀를 세차게 떠밀었다.

그녀는 너무 놀라 그 자리에서 몸이 굳어버리는 것 같았다. 중년 여인이 떠난 것이라는 사실만이 그녀의 가슴을 후비고 있었다. 그리고 춥지만 이런 편안한 곳에 간신히 자리 잡은 중년 여인의 보금자리를 자신이 빼앗은 것 같아 죄책감이 밀려들기 시작했다.

무얼 어떻게 해야 할지 떠오르는 게 없었다. 중년 여인이 떠난 이 빈 공간에서 자신이 너무 무력하다는 느낌만 차오르고 있었다.

그리고 알 수 없는 그리움 같은 게 천천히 밀려왔다. 헤세의 시와 수채화를 담은 세상이 저 멀리서 손짓하듯 알 수 없는 그리움이 그녀에게 다가오고 있다는 느낌이 들었다.

어젯밤에 여자는 제 가슴으로 받아들인 헤세의 시집을 오래 들여다보며 그 세계로 들어가 중년 여인과 호흡을 맞추고 있었다.

다른 사람의 손때가 묻은 책에 대해서 그녀의 정서는 남달랐다. 그러고 보니 태어나 처음으로 받은 영혼의 선물이었다. 다른 사람이 오래 두고 아끼는 책에 대한 느낌은 다른 사람의 영혼을 그대로 옮겨 오는 것이라고 생각했다.

여자가 미처 발견하지 못한 그리움의 정서를 중년 여인이 던져 주고 떠난 것 같다고 생각했다.

중년 여인이 사라진 방은 아주 오래 저 혼자 세상의 냉기를 다 품고 걸어와 그녀에게 들킨 듯 차갑게 부서지고 있는 것처럼 보였다.

그녀는 그 냉기에 가슴이 너무 아파서 뒤로 물러나고 싶었다. 그러나 깨끗이 정돈된 방이 어제 내린 눈의 추억으로 그녀에게 따뜻하게 안기고 있었다.

눈
수
저

"이거, 참 오랜만이네. 무슨 바람이 불어 이걸 사 왔어?"

남자의 말에 그의 아내가 미소를 지으며 대답을 했다.

"궁금해서 사 봤어. 이 생선은 내 취향이 아니라 거들떠보지도 않았는데……"

남자는 흐뭇하게 미소를 지었다.

"겨울만 되면 생각나는 생선이지만 그냥 입맛만 다시고 있었는데."

그의 아내는 부드러운 눈길로 남자를 쳐다보았다.

"내가 뭐 특별히 싫어하는 게 아니라 바짝 말라 먹을 게 없어 보이는 데다 맛도 별로 없을 것 같아서 안 산 거야."

남자는 자신 있게 말에 힘을 주었다.

"하하하. 먹어 보면 다시 찾게 될 거야. 얼마나 맛이 있는데……"

그는 하얀 접시 위에 담긴 구운 양미리를 보며 잠시 생각에 잠겼다. 그날의 양미리와 오늘의 양미리는 서로를 모른 채 그의 기억 속 바다에서 만나고 있었다.

그 옛날 양미리는 더 이상 아무것도 보고 싶지 않다는 듯 눈이 찌그러져 있었고 오늘의 양미리는 그에게 옛 기억을 부추기느라 눈을 감고 있었다.

양미리를 떠올릴 때마다 감추어진 눈물이 삐어져나올 것 같은 지난날, 그러나 그는 이제 자신이 그런 감상에서 완전히 벗어났음을 알았다. 오십 년을 굴러온 회상의 바퀴가 이제는 닳아 자신을 무디게 한 것이라 생각했다. 그렇더라도 아무 생각 없이 양미리를 뜯어 먹을 수는 없었다.

"아니 왜, 그렇게 좋아한다면서 바라보고만 있어?"

그는 대답 대신 창밖을 바라보았다. 마침 눈발이 날리고 있었고 그의 숟가락에도 어느새 눈이 내려앉기 시작했다.

작은 마당을 가운데 두고 빙 둘러 셋방들이 있었고 그의 가족도 그 집에 몸을 붙이며 근근이 하루하루를 이어갔다.

쇠 문고리가 쩍쩍 달라붙는 추운 겨울날, 어린 그는 성에가 하얗게 낀 유리창에다 손톱을 세워 낙서를 하고 있었다.

그때 어린 그의 엄마는 밥상을 차려 방으로 들어왔고 아버지와 함께 셋이 둥그런 밥상 앞에 앉았다. 반찬이래야 두어 가지뿐이었고 구운 양미리가 어린 그의 눈길을 끌었다.

그런데 밥 몇 술갈 뜨기가 무섭게 갑자기 밥상이 뒤엎어졌다. 아버지가 무슨 이유인지 어린 그의 엄마에게 잔뜩 화가 나 있었던 것이었다.

어려운 살림을 대충 꾸려가는 집에서는 작은 불협화음조차 때로 크게 번지기도 한다는 것을 어른이 되어서 이해하게 되었지만 어린 그는 너무나 놀라 가슴이 밑바닥으로 내려앉는 것 같았다.

지금도 살아 있는 채로 방바닥에 튕겨 나온 양미리가 생생하게 기억난다. 어린 그는 바다에서 막 잡혀 올려와 숨을 할딱거리고 있는 양미리를 본 것이었다. 위기는 양미리에게도 예외가 아니라는 듯.

그의 아버지와 엄마가 주고받았던 말은 전혀 생각이 나지 않았지만 불쌍한 양미리만이 살아오면서 그의 기억을 들추곤 했다.

침묵의 바다는 언제든 많은 말을 일으킬 파도가 잠들어 있었고 건져 올린 건 숨이 끊기다가 이어지기를 되풀이하는 양미리였다.

그 장면을 어떻게 추슬러 계속 다음 장면으로 이어갔는지, 남은 밥을 어떻게 마저 먹었는지에 대한 기억은 없다. 밥상 위에서 뜻밖의 푸대접을 받고 나가떨어진 양미리의 동선만이 그의 기억에 선명하게 남아 있었다.

어린 그가 밥을 먹고 마당을 나왔을 때 마침 눈발이 날리고 있었다. 어린 그는 툇마루에 걸터앉아 하염없이 눈을 바라보았다. 눈발은 고요한 발걸음을 땅에 내디디며 어린 그의 어두운 분위기를 지워갔다.

그늘진 마음이 눈의 하얀 성찬으로 사라지는 것 같았다. 그리고 눈은 김이 모락모락 나는 따스함과 소복소복 쌓이는 풍요로 다가왔다.

어렸을 때 겨울이면 그의 엄마는 싸고 맛있는 양미리를 자주 굽거나 조려 주곤 했다. 그는 커서 양미리를 먹을 때마다 그날의 사건을 한 번도 떠올리지 않은 적이 없었다.

슬픔을 가두고 있는 바닷속에는 그 많은 양미리들이 그날을 기억하는 것 같았다.

그럴 때마다 그를 다시 제자리로 돌아오게 한 것은 하얀 눈이었다. 그의 숟가락에는 밥 보다 더 맛있고 푸짐한 하얀 눈이 내려 쌓였다.

그 하얀 눈을 가슴으로 먹으며 힘을 냈다. 집안 형편이 어려웠던 그는 그렇게 어려움을 이겨내며 악착같이 공부를 했고 좋은 직장을 다녀 마침내 성공한 인생의 모범 답안이 된 것이었다.

"지금 눈이 오는데 뭐가 생각나지 않아?"

불쑥 튀어나온 남자의 말에 밥을 먹던 그의 아내가 대답을 했다.

"뭐?"

남자는 답답해서 다시 물었다.

"참, 뭐가 생각이 나지 않느냐고?"

그의 아내는 눈을 껌벅거리며 무언가 생각을 하려고 애썼지만 잡히는 게 없었다.

"양미리가 맛있다는 것 말고는 아무 생각이 없어. 참, 모처럼 만에 눈이 오니 어디 나들이나 갈까?"

남자는 실망스러운 표정을 드러내며 말했다.

"난 우리가 처음으로 데이트한 날을 생각하고 있었어."

그의 아내는 어이가 없어서 픽 웃었다.

"아이고, 그게 언제 적 얘기인데……"

남자는 단호하게 말했다.

"자기는 눈에 대한 남다른 느낌이 없겠지만 나는 안 그래."

"……"

"우리의 처음 데이트 때 눈이 왔었잖아."

남자는 여자에게 다시 강조하듯 말했다. 그리고는 잊을 수 없는 기억이 꼬리를 물며 나오고 있었다.

그 집에 가정 교사로 들어간 것은 대학교 2학년 때였다. 고등학생인 그 집 아들의 과외 공부를 봐주기 위해 누군가에게 소개를 받은 것이었다.

그는 정성을 다해 2년을 아주 열심히 가르쳤다. 다행히 그 결과로 그 집 아들은 원하는 대학교에 붙을 수 있었다.

그날은 그 집에서의 마지막 날인 셈이었다. 넓은 거실에 자리 잡은 응접실에 그 집 가족이 모였다. 몇 번 본 적이 있는 그 집 아버지도 앉아 있었다. 그 집 어머니가 즐겁고 기쁜 표정으로 말했다.

"우리 식구 다 모였네. 여기 과일 좀 드세요."

그 집 아버지도 말을 덧붙였다.

"어서 들게."

그는 가지가지 과일이 자그마한 조각품처럼 담긴 커다란 접시를 보며 대답했다.

"네 잘 먹겠습니다."

그는 뭔지 모를 열대 과일 한 조각을 포크로 찍었다. 그 집 아버지가 이어 말했다.

"그동안 수고 많이 했어요. 덕분에 우리 아이가 가고 싶어 하는 대학교에 붙었네요."

그 집 아들의 어머니가 이어 말했다.

"우리 윤재 때문에 애 많이 썼어요."

그는 미소를 지으며 말했다.

"열심히 따라 주어서 여기까지 온 것 같습니다."

그 집 어머니가 유쾌한 목소리로 말했다.

"겸손도 하시네요. 우리 애가 공부에 영 관심이 없었는데 선생님 덕분에 성적이 오르고 대학교에 덜커덕 붙었지 않습니까? 호호호."

"윤재가 무엇보다 착실해서 저는 참 편했습니다."

그는 그 말을 하고는 그 집 아들을 부드럽게 쳐다보았고 그 집 아들은 쑥스러운 듯한 표정을 지어 보였다. 그러더니 한마디를 꺼냈다.

"선생님 고맙습니다."

그 집 어머니는 다소곳이 앉아 있는 딸을 보며 이야기를 이어갔다.

"얘는 어렸을 때부터 자기 일은 자기가 알아서 하는 타입이에요. 그러니 공부를 따로 시키지 않아도 그냥 하더라고요. 과외 공부 하나도 안 시키고 원하는 대학교에 들어갔으니까요."

그 집 딸은 자신의 엄마가 괜한 말을 하는 것 같다고 생각했다.

"아이, 엄마도……"

그는 그 집 딸을 처음으로 마주해 바라보았다.

그 집에 들락거리면서 여러 번 보기는 했지만 자신에게는 무슨 그림자 정도로밖에는 생각이 들지 않았다. 그도 그럴 것이 등록금도 제가 마련해야 하는 가난한 처지에 눈앞에 제 또래의 여자에게 관심을 가지는 일은 사치라 생각했다.

더구나 부잣집 딸인데 감히 올려다볼 수도 없는 일이라 생각해

왔기에 눈길도 마주치지 않았다. 가끔 공부 도중에 간식 쟁반을 들고 나타나도 얼굴 한 번 제대로 본 적이 없었다.

처음으로 그 집 딸을 쳐다보는 순간 무슨 별 하나가 가슴에 와 닿는 기분이 들었다. 아주 영롱하고 아름다운 빛은 그의 가슴에 큰 파문을 일으켰다. 그는 자신의 그런 모습이 낯설고 이상했다.

가난했기에 남보다 치열하게 살아야했기 때문에 자신에게 그런 감정이 존재한다는 것이 이상했고 잘 받아들여지지 않았다.

그러나 그는 곧 침착해졌다. '그런 건 남의 일……' 그의 마음은 순간 얼음 바다처럼 차가워졌다. 그런 생각에 빠져 있는데 갑자기 그 집 아버지가 말을 꺼냈다.

"나도 학교 다닐 때 집안 형편이 어려워서 내가 돈을 벌면서 공부했어요."

그는 믿어지지 않았다.

"그러세요?"

"아주 어렵게 어렵게 학교를 다녔어요. 그렇게 공부를 하고 일을 열심히 하다 보니 어느 날 내가 무언가를 이루었다는 것을 알았지요. 한눈팔지 않고 성실하게 살아온 거예요."

"아 네."

"학생도 이제 시작인 거지요. 열심히 성실하게 살다 보면 마음먹은 것 다 이룰 수 있어요."

그는 그 집 아버지가 자신을 위해 인생의 조언을 해 준 것을 감사하게 생각했다.

"네 잘 알겠습니다. 감사합니다."

이어 그 집 어머니가 봉투를 내밀었다.

"이건 그동안 애쓴 선물이에요. 크지는 않지만 우리 집 성의로 생각하고 받아주세요."

그는 보너스까지 챙겨 주는 그 집 어머니의 넉넉한 마음을 따뜻하게 읽었다.

"안 주셔도 되는데요. 그동안 제 등록금을 덕분에 마련할 수 있었습니다. 그것만으로도 고맙습니다."

그 집의 어머니는 겸손하고 예의 바른 그가 썩 마음에 들었다.

"아니, 받으세요. 안 받으면 제가 섭섭하지요."

그는 공손히 봉투를 받았다.

"정말 감사합니다. 윤재야. 대학교에 가면 대학 생활 즐겁게 하고 네 뜻을 마음껏 펼쳐 봐."

그 집 아들은 활짝 미소를 지으며 대답했다.

"네 선생님. 고맙습니다."

그는 마무리를 했다.

"그만 가겠습니다. 안녕히 계세요."

그 집 아버지가 말했다.

"잘 가게."

그 집 어머니는 아쉬운 듯 말을 꺼냈다.

"자주 놀러 와요. 오다가다 들려서 밥도 먹고 가고 그래요."

그 말에 그는 눈물이 나올 뻔했다. 참으로 좋은 사람이라고 생각했다. 빈말인 것 같지 않게 진정성이 느껴졌기 때문이었다.

가난한 학생인 자신을 대하는 태도가 오만한 것과는 거리가 멀다는 평소의 느낌이 더해져 더욱 그런 기분에 휩싸인 것이다.

그는 인사를 마치고 마당으로 나왔다. 눈이 점점이 흩날리고 있었다. 그는 눈을 들어 하늘을 바라보았다. 하늘만큼 자신의 마음도 그 어떤 충만감으로 차오르는 것 같았다.

그동안의 보람이었다는 생각이 들었다. 마치 하늘도 축복하는 양 자신이 좋아하는 눈을 내려 주고 있는 것이었다.

그러다 인기척이 나서 돌아보니 그 집 딸이 어느새 자신의 바로 뒤에 와 있는 것이었다. 그는 인사차 나온 것이라 생각했다.

"저— 저—"

그 집 딸은 말을 잇지 못한 채 우두커니 서 있었다. 그는 여자를 바로 보았다. 그리고 자신에게 호감을 느끼고 있다는 것을 알아챘다.

"눈이 오네요."

그는 가장 평범한 말을 꺼내 그 집 딸에게 잠깐의 여유를 주려 했다. 무언가 할 말이 있으나 꺼내기가 힘든 말을, 아니 그런 마음을 읽은 것이었다.

"네."

아주 짤막한 대답을 하며 그 집 딸은 말문을 닫았다. 그 나머지는 자신이 해야 할 몫이라는 것을 알게 해주는 듯 그를 쳐다보던 눈길을 자신의 손 쪽으로 내린 채.

그는 있는 용기 없는 용기를 내어 말했다.

"눈이 오는데 같이 걸을까요?"

아주 길고도 오랜 여운이었다. 그날의 한 마디가 그 후 몇 십 년의 눈길을 같이 걷게 했다는 일이 꿈만 같았다. 가지가지 우여곡절이 있었지만 결국은 둘이 함께 길을 낸 것이었다.

여자와 데이트를 하면서 생전 처음으로 이성으로 인해 행복감 같은 것을 느꼈다. 같이 있기만 해도 좋은 사람이었다. 여자의 아주 따뜻하고 고운 마음씨가 그는 무엇보다 마음에 들었다. 부잣집 딸 같지 않게 편안했고 겸손했다.

그러나 막상 둘의 결혼 문제에서 자신은 소극적이고 수동적인 입장이었다. 뭐로 보나 자신보다 더 나은 사람과 인연을 맺을 수 있는 여자에게 다른 선택의 길을 주고 싶었기 때문이었다. 거기다 여자의 집에서 결혼 허락을 받아야 하는 커다란 문제를 두고 자신이 없었다.

그가 군대를 간 후 연락을 끊은 것도 그런 이유에서였다. 그는 여자가 부대를 찾아온 그날이 생생하게 떠올랐다.

어느 날 뜻밖의 면회가 이루어진 것이다. 여자가 어떻게 알고 그 먼 지방의 부대까지 찾아왔는지 그는 매우 놀랐고 마음의 동요가 일고 있었다.

여자는 가난하면서도 순수하고 진실된 남자에게 이미 마음을 뺏겨 한눈도 팔지 않은 것이었다.

그러나 그는 여자를 돌려보냈고 그 뒤 일체 연락을 하지 않았다. 자수성가한 여자의 아버지를 떠올리며 더 이상 여자에게 가까이 가서는 안 될 것 같은 마음으로 꽉 차 있었던 것이었다.

그는 졸업을 한 후 대기업에 들어갔다. 그리고 스스로의 힘과 열정으로 직장을 다녔다. 그 뒤 정말 기적같이 우연히 여자를 다시 만나 늦은 결혼을 한 것이었다.

그는 그의 아내를 사랑스럽게 쳐다보며 말했다.

"눈이 오는데 같이 걸을까요?"

그의 아내는 갑자기 그가 꺼낸 말에 웃음이 튀어나왔다.

"네. 좋아요."

몇 십 년 만에 듣는 그날의 보석 같은 한마디 말에 여자는 다시 옛날 대학교 시절로 돌아간 느낌이 들었다. 얼마 만에 듣는 싱그러운 이야기인가? 결혼 생활에 묻혀 젊었던 그 시절의 낭만까지 희미해져 갔다는 생각이 들었다.

그리고 남자와 결혼하기까지의 긴 시간이 저절로 털리는 기분이었다. 너무나 큰 심적 고통과 어려움의 시간이었다. 그리고 인내와 막연한 희망의 기다림이 녹아든 시간이었다.

여자는 갑자기 한숨이 나왔고 그것을 본 남자가 의아하게 생각하며 말했다.

"왜 그래?"

"당신은 잘 모르겠지. 내가 다시 당신을 만날 때까지 얼마나 견디기 힘이 들었는지 말이야."

남자는 씩 웃으며 대답했다.

"그런가? 다 지나간 일인데 뭘."

"생각하면 그때가 무섭네."

"아휴, 뭐가 무서워?"

"막연한 기다림만 갖고 지내온 내가 무서운 거지 뭘."

남자는 말이 없었다. 여자가 다시 말을 이었다.

"당신을 다시 만났으니 망정이지……"

남자는 미안한 얼굴로 여자를 바라보았다.

"미안하지만 어쩔 수 없었어. 당신이 그 당시 내 처지를 이해했으면 좋겠어."

그는 그의 아내의 손을 잡고 말했다.

"내게 눈은 눈 그 이상이야. 자라면서 나는 나 자신을 흙수저가 아니라 눈 수저로 바꾸며 살아왔어. 그것을 믿으며 여기까지 오게 된 거야. 나에게 눈은 위로와 풍요의 존재고 행운을 가져다주는 힘이지. 내가 당신을 만난 날도 그런 것을 느꼈어."

그의 아내는 미소를 지으며 남자를 사랑스럽게 쳐다보았다.

"자기는 참 대단한 사람이야. 거기다가 남자가 참 감성적이야. 나보다 더. 호호호."

남자는 반쯤은 무안해져서 대답했다.

"그런가? 하하하."

그의 아내는 갑자기 마음이 들썽거리고 있었다.

"우리 밥 먹고 어디 가. 눈 오는 풍경을 맘껏 즐길 수 있는 데로."

"좋지. 눈이 바깥으로 나가라 손짓하는 것 같아. 어디 갈까?"

"아들 면회 갈까?"

"아니, 오늘은 우리끼리만 놀자고. 더구나 갑자기 간다고 만날 수 있겠어?"

"응. 그런가? 그럼 다른 데 가지 뭐."

남자는 확신에 차서 말했다.

"양미리 아주 맛있지?"

"그러네. 처량하게 말랐지만 야무진 맛이 나. 앞으론 종종 해줄게."

남자는 작심한 듯 말했다.

"이따가 카페에 가면 나의 양미리 사연 들려줄게."

"무슨? 양미리가 그렇게 자기한테 대단한 거야?"

"하하하. 추억의 양미리지. 나 어렸을 때 가난하고 그늘진 우리 집에 같이 살던 식구나 마찬가지야."

그의 아내는 고개를 끄덕이며 말했다.

"그런 스토리가 있었구나. 진작 말을 했으면 내가 양미리에 관심을 가졌을 텐데. 자기는 너무 말이 없어서 탈이야."

"아휴 참. 양미리를 봐야 말이 나오지, 눈앞에 없는 양미리를 두고 무슨 소설을 쓰냐?"

"참, 누가 소설 쓰라 했나? 다큐 아니야? 그것도 겨울이면 생생하게 살아나는 자기만의 역사 같은데……"

"당신은 잘 모를 거야. 어렸을 때부터 지금까지 별 어려움 없이 컸잖아. 그러니 내 정서를 쉽게 이해하기가 어렵겠지."

그의 아내는 남자의 말에 서운해지는 것 같았다.

"참, 내가 안 겪었다고 모르나? 친구들 중에도 어렵게 자란 친구가 있고 내 이웃도 그렇고 우리나라도 다 그런 그늘이 있으니까. 자기는 나를 너무 몰라."

"아니 뭐, 그런 뜻은 아니고…… 당신이 어려운 사람을 잘 이해하고 착한 사람이라는 걸 잘 알지. 그러니까 내가 당신을 만난 게 복이지. 하하하."

그의 아내는 금세 마음이 풀어졌다.

"칭찬인지 뭔지 헷갈리네. 호호호."

남자는 그의 아내에게 자신의 그늘진 어릴 적 이야기를 들려줄 것을 생각하며 눈 오는 모습을 바라보았다.

이미 쌓인 그의 눈 수저 위에 함박눈이 끝도 없이 내리고 있었다. 더는 쌓일 필요가 없어서 쌓일 새 없이 흘러내리지만 눈이 오는 순간의 넉넉함이 그의 가슴에 가득가득 쌓여 가고 있었다.

'오늘은 양미리가 내게 몇 십 년 만에 다시 찾아온 뜻깊은 날이군.'

창밖 함박눈이 조용히 세상의 그림자를 지우자 지나간 그의 어둠까지도 맥이 풀리게 하는 것 같았다. 그렇게 그는 눈과 하나가 되었다.

천
개
의
손

'숟가락과 입 사이가, 사이가…… 너무 멀구나.' 처사는 안간힘을 쓰면서 숟가락을 입으로 옮겨 보려 애를 썼다. 하얀 쌀밥이 꿈속의 밥처럼 올라앉은 숟가락을 움켜쥔 손이 발작적으로 떨고 있었다.

아무리 애를 써도 숟가락질은 좀체 나아지질 못한 채 허공에서 부들부들 떨고만 있을 뿐이었다. 그래도 그는 이를 악물고 밥을 먹으려 온몸의 기운을 모으고 있었다.

자신이 밥을 제대로 먹을 수 없다는 것도 문제지만 여럿이 먹는 밥상 앞에서 무엇보다도 자신의 병든 모습을 내보인 것이 견딜 수가 없었다.

아무리 없이 살고 아무리 하찮은 일을 한다 해도 인간으로서 기본적인 존엄성은 지켜야 한다고 생각하기에 이런 상황이 벌어지는 것을 용납할 수 없었다.

마음이 깊은 수렁에 빠지기 시작했다. 애를 써도 제 몸 하나 마음대로 하지 못하는 육신이 너무 못마땅하고 부끄러웠다. 이즈음 그의 몸 상태는 그를 단단히 배신하고 있었던 것이다.

그것도 만만한 일터가 아닌 절집에서 벌어지는 일이라 더욱 고통이 컸다. 기도하러 온 보살들과 늘 겸상을 해야 하는 처지이기에 더 이상 말이 필요하지 않을 만큼 절망적으로 치닫고 있었다.

어김없이 밥때가 오고 밥상머리에 둥그렇게 둘러앉은 보살들과 겸상을 해야 했다. 서로가 초면인데다가 기도의 목적 이외에는 무엇에도 관심이 없기에 밥을 앞에 두고 아무 말이 없었다.

그의 힘겨운 숟가락질에 보살들은 속으로 매우 딱한 마음이 일렁거렸으나 누구 하나 입 밖으로 내뱉는 사람은 없었다. 보살들이 식사를 마치고 방을 나갈 때까지 그는 한 숟가락도 먹을 수 없었다.

절에는 그가 해야 할 일이 많았고 칠십이 다 된 그에게는 절에서의 일들이 무리라면 그럴 수 있었다.

더구나 요즘 와서 그런 몸으로 절의 잡다한 일을 해내느라 그는 어느 때보다 힘에 부쳤지만 내색을 하지 않은 채 자신에게 주어진 일을 묵묵히 하며 버텨 나갔다. 그렇지만 자신의 몸이 얼마 가지 못하리라고 짐작했다.

절은 기도하러 오는 보살들이 머물다가 떠나는 관세음보살의 성지이기에 늘 고요함 속에서 복닥거렸고 그는 평소 누구의 눈에도 띄지 않은 채 숨은 듯이 지내고 있었다.

절 안까지 차가 들어가지 못하기에 절에 필요한 물품을 지게로 나르는 일을 주로 하며 산 지 십 년이 된 것이다.

절 식구들이 몇 있으나 아무도 그에게 관심을 두는 사람이 없었다.

누구와도 개인적으로 말을 나누는 사람이 없었다. 밥은 먹었는지, 건강은 괜찮은지, 등등 일상적인 최소한의 관심의 눈길조차 그를 향한 적이 없었다. 하물며 그가 어디에서 무얼 하며 살아왔는지, 가족은 있는지와 같은 그의 내밀한 이야기에 귀를 보태줄 사람은 없었다.

공양주 보살들은 늘 정신없이 바쁘고 사무 일을 하는 보살도 제 일에만 매어 있고 말이 많은 법당 보살은 그리 바쁠 것도 없는데도 그와 말 한마디를 하지 않고 지내고 있었다.

그러나 그가 맹탕으로 지내온 것만은 아니었다. 법당 보살이 그의 나이보다 몇 살 적어 말벗으로 지내면 좋을 것 같아 몇 년 전에 말을 붙여본 적이 있었다.

그날, 아침 예불과 기도가 끝나자 늘 그렇듯이 그는 누구보다 분주했다. 그날은 관음재일이라 공양물이 다른 때보다 많았고 그는 부지런히 그 공양물들을 공양간으로 날랐다. 공양간에서는 공양주 보살들이 공양물들을 그릇에 나눠 담고 있었다.

여느 때는 볼 수 없는 약식이 그의 눈에 들어왔다. 약식은 절식구들이 나눠 먹기에는 충분하지 않은 양이었다. 그는 순간 법당 보살을 생각했다.

그리고는 제 몫이 생기자 모두가 정신없이 복닥거리는 틈을 타제 몫을 법당 보살의 방 앞으로 가지고 갔다.

그는 방문 앞에서 부드러운 목소리로 말했다.

"저기— 이거 드세요."

아무 소리가 없자 그는 문을 두드렸다. 그러자 창호지 문을 젖히고 법당 보살의 굳어진 얼굴이 드러났다. 그는 미소를 지으며 말했다.

"이거, 약식이에요."

그러자 법당 보살은 쌀쌀맞은 목소리로 한마디를 뱉고는 문을 세차게 닫아 버렸다.

"약식은 너무 달아서 난 안 먹어요."

'아 참,' 그리고 보니 법당 보살이 당뇨병이라는 말을 언젠가 들은 것도 같았다. 그렇지만 최소한도의 예의는 갖추고 거절해야 하는 것이 아닌가?라고 그는 생각했다. 그는 주눅이 들어 힘없이 제자리로 갔다.

며칠 후 그는 목욕을 하러 나갔다가 갑자기 법당 보살 생각이
나서 약국에 들러 건강 음료 두 병을 샀다.

지난번에 당뇨병이 있는 사람에게 약식을 권했다는 사실이 아
주 켕겨서 뭐라도 대신 주고 싶었기에 서슴없이 산 것이다. 그는
법당 보살이 좋아할 거라 생각하니 기분이 꽤 들떴다.

절에 오자 법당 보살 방 앞에서 문을 두드렸다.

"저— 이거 드세요."

아무 소리가 나지 않자 그는 다시 문을 두드리며 말했다.

"건강 음료예요. 드셔 보세요."

그러자 굳은 표정의 법당 보살이 창호지 문을 휙 젖히더니 쌀
쌀맞은 소리로 대답을 했다.

"무슨 일이에요?"

그는 공손하고도 나긋한 목소리로 말했다.

"밖에 나간 김에 사 왔어요. 몸에 좋을 거예요."

법당 보살은 얼굴을 잔뜩 찌푸리더니 매몰차게 말을 던지고는
문을 닫아 버렸다.

"난 그런 거 안 먹어요."

그는 예상하지 못 한 반응에 놀라 뒤로 물러섰다. 이번에는 또
뭐가 문제가 된 것인지 알 수 없었다.

자기 같으면 남이 주는 것을, 그것도 같이 한솥밥 먹는 절집에

서 마음에 안 들더라도 일단은 받을 것 같은데, 너무나 어리둥절하고 기가 막혔다.

혹시나 자신이 법당 보살에게 이성으로 다가갔다고 오해하는 게 아닌지도 몰랐다. 털끝만큼도 그런 느낌은 들지 않았는데 만약 그런 오해를 산 거라면 너무나 억울했다.

'인간 대 인간으로 대한 것뿐인데……' 그는 마음의 말을 언젠가 법당 보살에게 들려주고 싶다는 생각을 했다. 그러나 그런 기회는 오지 않았다.

그렇게 시간이 가고, 어느 날 첫눈이 오고 있었다. 그는 창고를 가기 위해 마당에 나왔는데 첫눈이 내리고 있는 것이었다.

함박눈이었고 그는 발길을 멈추고 눈이 오는 모습을 감격에 겨워 지켜보았다. 그때 마침 법당 보살이 그의 옆으로 나가는 걸 보고는 자연스럽게 말이 흘러나왔다.

"아휴, 눈이 오네요. 첫눈인데 함박눈이에요."

법당 보살은 아무런 대꾸를 하지 않았다. 그는 법당 보살이 못 들은 거라 생각하고 다시 말을 했다.

"함박눈이 와요. 첫눈이네요."

법당 보살은 그를 한번 쳐다보더니 아무 대꾸도 안 하고 총총히 발길을 옮겼다.

그가 무슨 의도가 있어서 그런 말을 한 건 아니고 아름다운 첫눈의 풍경을 함께 나누고 싶은 마음이 컸기에 그는 그 일로 몹시 무안해졌고 꿈에라도 다시는 그런 시도를 하지 않았던 것이었다.

그가 하루에 말을 하는 횟수가 열 마디나 될까? 그것도 혼잣말이 대부분이었다. 그렇게 그는 외로움으로 삭아가고 닳아가고 있었다.

외출하는 일도 별로 없었다. 딱히 어딜 갈 데도 없는 그는 절에서 먹여 주고 재워 주고 일하는 일상에 자신을 맡기면서 그날이 그날인 남은 생의 페이지를 넘기는 데 충실했다.

그는 자신이 몸 붙인 곳이 관세음보살의 성지라는 것을 알고 있었으나 한 번도 법당 안에 들어가 기도를 해 본 적이 없었다. 소원 성취를 위해 끊임없이 절에 찾아오는 기도 객들의 발길에도 그는 무덤덤했다.

남들처럼 기도는 안 하지만 자신도 법당 안에 들어가 관세음보살이라고 하는 금동 불상을 한 번쯤 지긋이 바라보고 싶다는 생각은 해 왔다.

그 불상이 정말 관세음보살인지 알고 싶은 마음이 들었으나 그건 잠깐의 생각일 뿐 늘 힘든 일에 절어 사는 그에게 그런 한가한 마음이 생기는 것은 아니었다.

절에 사는 즐거움은 없었으나 할 일이 주어지고 몸이 따라 주었기에 그런 사명감으로 하루하루를 만족하며 지내왔던 것이다. 그런데 이즈음에 이르러 모든 것이 어긋나 버렸다.

눈이 내리자 그는 절 마당에서 눈을 쓸고 있었다. 그런데 어느 사이 주지 스님이 그의 곁에 와 말을 붙였다.

"처사님, 눈이 와서 나는 좋은데 또 일감이 느시네요."

"아, 네. 괜찮습니다."

"정말 괜찮은가요?"

그는 손에 쥔 빗자루에 온 힘을 주어 눈을 쓸면서 말을 했다.

"네."

주지 스님은 그를 이리저리 살펴보며 말을 이었다.

"그런데 처사님, 요즘 들어 많이 수척해진 것 같아요. 어디 아프신 데 있는 거 아니에요?"

그는 때가 왔다는 것을 알았고 마침 그때를 놓치지 말아야겠다는 생각이 스치고 지나갔으나 말을 꺼내기가 쉽지 않아 망설이다가 그만두고 말았다.

"아니요. 괜찮습니다."

주지 스님은 다시 한번 그를 살펴보더니 말했다.

"그렇다면 다행이지만 어디 아픈 데 있으면 병원에 가 보셔야 해요."

그는 대답 대신 빗자루질에 더욱 공을 들였다.

저녁 공양 시간이 되자 그는 여전히 밥을 제대로 먹지 못했고 하루를 마무리하듯 자신의 방으로 들어갔다. 늘 그렇듯이 숭늉으로 끼니를 이어가며 주린 배가 이상하게도 고픈 느낌이 없다는 게 다행이라 생각했다.

기도하는 보살들의 관세음보살을 부르는 소리가 그의 귓가에 울렸다. 그도 그 리듬을 따라 머릿속의 이곳저곳에 관세음보살의 이름을 앉히고 있었다. 그러나 그 관세음보살의 실체는 좀체 잡히지 않았다.

그의 머릿속에서는 많은 생각들이 지워지고 이어지기를 되풀이했다. 저녁 예불이 끝나자 보살들의 개인 기도만 조용히 법당을 메웠고 고요해진 절의 분위기에 그도 젖고 있었다.

그는 한참을 자리에 누워 생각에 빠졌다. 일찍 자는 절에서의 습관대로라면 잠이 와야 할 텐데 통 잠이 오지 않았다.

생각이 꼬리를 물고 물다가 몸을 일으켜 밖으로 나왔다. 낮에 눈이 그쳤는가 싶었는데 또다시 눈이 내리고 있었다.

눈이 오면 눈을 치워야 하는 번거로움에도 그는 누구보다 눈을 좋아했고 눈이 오는 절 풍경 속에서 하얀 점 하나가 되는 걸 기꺼이 즐기며 살아왔다. 한 겨울에 그런 호사를 누릴 수 있다는 것에 감사해 하며.

내리는 눈을 보며 무언가 확신에 찬 듯 그의 발걸음이 가벼워졌다. 그는 천천히 발길을 옮겼다. 마당에 켜 놓은 불빛 주위로 반짝거리는 눈이 더욱 아름답게 보였다.

그는 아무도 없는 절 마당을 한 번 둘러보았다. 누군가 마당에
나올까 봐 마음이 조급해졌고 어느새 법당과 점점 멀어져 갔다.

　그는 해수관음상이 서 있는 곳으로 향했다. 드문드문 외등이
켜져 있는 길에서 이상하리만큼 눈앞이 환해지는 느낌이 들었다.

　종일 눈이 오다 말다 쌓인 하얀 눈빛 때문이라고 생각을 하면
서 그는 비탈진 길을 올라갔다. 숨을 몰아쉬면서 올라가다가 마
침내 해수관음상 앞에 이르렀다.

　커다란 해수관음상을 보자마자 갑자기 그는 눈물이 나왔다. 처
음 있는 일이었다.

　가끔씩 산책 삼아 오기도 했지만 이런 감정을 느끼지는 않았
다. 해수관음상이 대단하게 크고 잘 생겼다는 생각 말고는 별다
른 느낌이 없었는데 이상한 일이라고 그는 생각했다.

　그 넉넉하고 부드러운 시선을 한 몸에 받으며 살아 있는 관세
음보살을 느꼈다. '내가 다 안다. 내가 다 안다.' 해수관음이 속
삭이는 것 같았다.

　그는 한참을 그 자리에 서 있었고 그의 눈물이 눈발에 실려 따
뜻한 해수관음의 품 안으로 안기는 것 같았다.

　그런데 해수관음상 위에 자신의 어머니 모습이 겹쳐 보여서 깜
짝 놀랐다. 잊고 살았던 어머니였다.

　아니 잊었다기보다는 가슴 밑바닥에 어머니라는 존재가 늘 자
신을 향해 있다고 생각을 하는 게 맞는 말이었다.

열 살 때 돌아가신 어머니였다. 그립고 그리운 어머니를 꿈에
서라도 보려 했지만 이상하게도 한 번도 본 적이 없었다.

그런데 예쁘고 젊은 어머니가 관세음보살과 함께 보인다는 사
실이 믿어지지가 않았다. 이제야 자신 앞에 모습을 드러낸 어머
니 앞에서 그는 눈물을 마음껏 쏟았다.

왜 이제야 온 거냐고 투정을 부리고 싶어졌다. 살아오면서 남
한테 푸대접을 받았던 일을 떠올리며 어린아이 같은 투정을 부리
고 싶어졌다. 외롭고 지칠 때 어리광 부리고 무작정 안기고 싶은
어머니였다.

'어머니, 관세음보살님……' 그는 마음속으로 이 세상에서 가
장 따뜻한 존재의 이름을 불러보았다.

'불쌍한 어머니……'

그는 새삼스럽게 어머니의 마지막 기억이 풀려나왔다. 다시는
녹지 말라고 꽁꽁 얼게 놔두었던 동토가 녹는 기분이었다. 녹으
면 그 진물에 묻어 견딜 수가 없기에 묻어 두었던 기억 아닌가?

낙엽들이 쓸쓸히 흩날리고 있는 늦가을, 어린 그는 병석에 누
운 지 몇 개월이 된 엄마 곁에서 자꾸 삐어져 나오는 눈물을 머금
고 있었다. 어린 그의 엄마가 날이 갈수록 야위어가는 모습이 어
린 그의 눈에도 심상치 않게 보였다. 어린 그가 조심스럽게 말을
꺼냈다.

"엄마."

어린 그의 엄마는 감았던 눈을 뜨고는 대답을 했다.

"나가서 놀지, 왜 방에만 있냐?"

어린 그는 아무 말도 할 수 없었다. 그의 엄마는 꺼져가는 목소리로 말을 이었다.

"엄마가 걱정이 돼서 그렇구나. 난 괜찮다."

그 말을 한 뒤 깊은숨을 토해 내고는 다시 말을 이었다.

"엄마는 지금 회복 중인 거야. 조금만 있으면 벌떡 일어날 수 있어."

어린 그는 자신의 엄마가 거짓말을 하고 있다는 것을 짐작했다. 그래서 더욱 마음이 슬프고 어두워지고 있었다. 그의 엄마는 그의 손을 꼭 잡으며 말했다.

"엄마가 나으면 네가 좋아하는 쑥떡 만들어 줄게. 그리고……"

그의 엄마는 말을 잇지 못한 채 어린 그의 눈을 하염없이 쳐다보았다.

"살면서 무슨 일을 하더라도 착하게 꿋꿋하게 살아야 해. 네 아버지도 그렇게 사셨단다. 비록 짧게 살다 가셨지만 태어난 몫은 한 거지."

어린 그는 갑자기 말할 수 없이 슬픈 마음이 들어 대답을 할 수 없어서 고개만 끄덕거렸다. 그의 엄마가 이어 말했다.

"장롱 좀 열어 봐라."

어린 그는 일어나 장롱을 열었다.

"이불 제일 밑바닥에 손을 넣어 봐."

어린 그는 자신의 엄마가 시키는 대로 손을 넣었고 무언가 손에 만져지는 것을 느꼈다.

"그래. 뭐가 있지? 꺼내 봐라."

어린 그의 손에 딸려 나온 것은 제법 묵직하게 잡힌 봉투였다.

"봉투 안에서 이만 원만 꺼내고 다시 제자리에 둬."

어린 그는 이제 엄마가 힘이 없어서 일어나지도 못하는가 보다 생각하니 너무나 슬프고 마음이 낭떠러지로 내려앉는 기분이었다.

"이제 할머니 집으로 놀러 갔다 오렴. 갈 때 네가 먹고 싶은 것 사서 할머니랑 같이 먹고 놀다 와."

엄마가 아픈 뒤 자주 집에 와 살림을 보살펴 주곤 했던 외할머니였다. 크지 않은 논일 밭일도 돌봐 주는 등 애를 많이 쓰고 있던 고마운 외할머니였다.

발걸음이 떨어지지 않았지만 어린 그는 빵을 잔뜩 사서 할머니 집으로 가서 실컷 먹고 놀다 오후에 집으로 왔다.

자신의 엄마 몫의 빵을 들고 방문을 열었을 때 고요라는 말만으로는 다 할 수 없는 그 어떤 이상한 느낌이 그의 얼굴에 훅 끼쳐서 깜짝 놀랐다.

어린 그가 가까이 가서 불러 보고 흔들어 봐도 엄마는 움직임이 없었다. 그렇게 엄마는 마른 낙엽 한 장이 되어 그의 가슴 밑바닥에 안겼다.

 돌아보니 그는 엄마가 남긴 말처럼 그렇게 착하고 꿋꿋하게 살아왔다고 생각했고 이제 엄마의 환영 앞에서 고백을 하고 싶었다.
 '그리운 어머니. 어머니 말씀대로 저 잘 살았어요.'
 해수관음 위에 포개진 엄마가 미소를 지으며 자신을 내려다보는 것 같았다.
 '어머니는 왜 그렇게 빨리 가셨을까?'
 어머니 없이 살아온 세월이 너무나 원통하다는 생각이 새삼스럽게 들었다. 어머니와 오래 살아왔다면 얼마나 좋았을까? 뿌리가 없이 살아온 느낌이었다. 늘 허전하다는 느낌은 그 어떤 것으로도 채워지지 않았다.
 결혼 생활을 잘 해 아내도 자식도 있었더라면 그 허전함이 채워질 수도 있었으리라는 생각이 들었다.
 몇 년의 결혼 생활 도중 말없이 집을 나가 소식이 없는 그의 아내를 떠올렸다. 나중에 소문으로는 다른 남자와 살고 있다는 뼈아픈 소식뿐이었다. 뭐가 잘못된 건지 알 수 없었다.
 자신은 최선을 다해 여자에게 충실했다고 생각했기에 별 미련은 없었다. 단지 자신을 떠난 여자의 마음을 헤아리기 어려웠다.
 가난이 이유였다면 그럴 수도 있겠다 싶었다. '가난했으나 밥은 먹고살았는데…… 그렇지만 좋은 집, 좋은 옷 같은 건 해 준

적이 없었구나.' 처음으로 어쨌든 자신이 부족한 탓이라는 생각
이 들었다. 아내에 대한 섭섭함과 원망이 섞여 살아온 지난날이
었다.

한 생의 실뭉치가 풀려나오는 데에는 시간이 그리 걸리지 않았
고 그는 풀려나온 실뭉치를 다시 감고 싶지도 않았다.

그는 이것저것 생각에 잠기다가 눈을 들어 자신의 어머니를 바
라보았으나 어머니의 모습은 곧 사라지고 말았다. 그는 해수관
음을 바라보며 그대로 한참을 서 있었다.

그는 마음이 더없이 포근해진 채 발길을 돌렸다. 바다가 코앞
에 이르자. 그는 멀리 관세음보살상이 있는 법당 쪽을 바라보았다.

그리고는 검은 바다를 바라보았다. 까맣고 아뜩한 밤바다가 무
섭다는 평소의 생각은 사라졌다.

굵은 눈발이 밤바다의 어두움을 지우는 것 같았고 바다가 아늑
하게 느껴졌다. 밤바다가 고요히 움직이는 것 같았다. 움직임이
거의 느껴지지 않을 만큼 약하게 몸을 뒤집고 있는 파도를 보며.

그때 바닷속에서 파도가 아닌 무언가가 움직이는 게 있음을 그
는 느꼈다.

그러자 이상한 일이 벌어졌다. 밤바다는 어느새 하얀 빛으로
변해 있었다. 그는 눈부신 빛에 깜짝 놀라고 말았다.

갑자기 바다 한가운데에서 해수관음이 우뚝 솟아 올라왔다. 그
는 눈을 크게 뜨면서 감격해 쳐다보았다. 곧 눈물을 글썽거리며

합장을 했다. 한 번도 해본 적이 없었던, 절로 모아진 두 손이 해수관음을 맞이하고 있었다.

그러자 바다에서 하얗고 너른 손들이 연꽃처럼 피어났다. 마치 모든 파도가 해수관음의 손이 된 듯 천 개의 손들이 일렁거리고 있었다.

그는 주저 없이 그 너르고 포근한 해수관음의 품 안으로 몸을 던졌다.

첫
눈

남자는 공원의 분수대가 잘 보이는 나무 곁에서 모자를 깊숙이 눌러쓰고 외투 깃을 올린 채 서성거렸다. 눈발이 희끗희끗 날리기 시작하자 남자는 오늘의 행운을 점치고 있었다.

그는 하늘을 쳐다보았다. 오늘의 눈은 오는 둥 마는 둥 하는 첫눈이 아니었다. 함박눈으로 바뀌는 걸 보면서 무엇인지 설명할 수 없는 설렘이 그를 휩싸고 있었다. 더구나 점차 폭설이 내릴 것 같은 예감이 들자 미소가 절로 나왔다.

6시 20분 전, 그는 시계를 보다가 눈을 들었다. 긴 생머리의 여자가 분수대 앞으로 다가가고 있는 것이 보였다. 몇 번 만난 여자이니 금세 알아볼 수 있었고 말할 수 없이 반가웠다.

그는 기분이 들뜨면서 나름대로 여자를 평가했다. '넉넉하게

시간을 두고 나타난 저 여자는 분명 성실하고 책임감이 있겠구나. 당연히 착하겠고……'

긴 생머리의 여자는 시계를 보더니 분수대 난간에 살짝 기대었다. 여자의 검은 코트에 묻은 눈들이 점점이 예쁜 무늬를 만들었고 하얀 털목도리가 눈 오는 날과 썩 잘 어울린다고 그는 생각했다.

그는 여자와 팔짱을 끼고 눈을 맞으며 걷는 일을 생각하니 가슴이 두근거렸다. 저 여자와의 만남을 축하하기 위해 첫눈이 내려 주는 것이라고 생각했다.

어쩌면 인생이란 마음먹는 대로 펼쳐지는 아주 손쉬운 한 마당이라는 생각도 들었다. 그리고는 먼 미래의 희망찬 일까지 그려가고 있었다.

긴 생머리 여자와 엮인 상상으로 젖어 있는데 어느 틈에 또 다른 여자가 분수대 앞에 와 있다는 것을 그는 알고 깜짝 놀랐다.

그가 시계를 보니 6시 10분 전이었다. 소개팅 때 보니 좀 도도하게 보이는 여자라 자신과 약속을 지키리라 전혀 생각을 하지 않았는데 뜻밖이었다.

외모를 화려하게 가꾼 데다 긴 파마머리에 하얀 코트와 하얀 털 모자를 쓴 여자가 마치 눈의 나라 여왕처럼 보였다.

그는 이상하다는 생각이 들었다. 자신에게 별 호감을 보이지 않은 여자에게 던진 한마디 말에 약속을 지켰다는 일이 아무래도 믿기지 않았다.

그는 당황했다. 두 여자가 자신을 기다리고 있는 셈이었고 오늘의 데이트는 그대로 망가졌다는 결론을 내렸다.

그리고는 일말의 미안함이 스멀거리기 시작했다. 어떻게 해야 할지 당황했다. 그리고는 둘 다 포기하는 길밖에 없다는 것을 깨달았다.

그리고는 마침내 6시가 되었다는 것을 알고 그는 분수대 쪽으로 눈길을 돌렸다. 이제 더 이상 올 여자가 없으리라 생각을 하고 있는데, 갑자기 단발머리 여자가 나타났다. 이건 정말 뉴스감인 것이다.

소개팅 때 보니 개성이 아주 강하고 자꾸 그의 말을 튕겼기에 그 단발머리 여자가 나오리라고는 털끝만큼도 기대를 하지 않았다.

그것도 정확히 6시에. 그가 심심하게 던진 말을 주워서 두 손으로 받들어 시간까지 지키며 나타나게 될 줄은 꿈에도 몰랐다. 돌아서는 여자에게 그냥 지나가는 말을 밟고 가게 했는데 약속을 지킨 것이었다.

이제 그는 모인 여자들에게 무언가 행동을 보여 주어야 했다. 헝클어진 머릿속에서 실 꼬투리를 빨리 찾아야 한다는 일념만이 들어찼다.

그런 생각에 젖어 있는데 웬 짧은 커트를 한 여자가 분수대 쪽으로 가고 있는 것을 보았다. 그는 '아차' 했다. '저 여자도 있었구나.' 그는 잊어버릴 뻔했던 여자를 떠올리며 눈을 뚱그렇게 떴다.

애인이 필요한 여자라는 생각이 전혀 들지 않을 만큼 자립적인 기질인데다 스포츠 광이라 그를 무척 혼란스럽게 했다. 명랑하고 활달한 여자였고 그런 시원시원함 때문에 여자를 두 번 만났는데 뒤끝에 여운으로 던진 말이 현실이 된 것이었다.

그러고 보니 자그마치 네 명의 여자와 약속을 한 것이다. 그리고 불행인지 다행인지 모두가 그 약속을 지켰다는 대단한 일에 그는 너무나 감격했다.

그러다가 생각해 보니 대체 자신이 무슨 일을 저지른 건지 기가 막혔다.

자신의 가벼운 말 한마디로 큰 사건이 터진 것이었다. 그것도 수습할 수 없는 일이 벌어진 것이었다.

그는 얼굴을 붉혔다. 너무나 당황해서 무얼 어찌해야 할지 통감이 잡히지 않았다. '큰일 났구나.' 걱정스러운 마음이 가슴을 꽉 메웠다. '시간을 돌려놓을 수만 있다면…… 이런 짓거리를 하지 않았을 텐데.'

여자들은 한결같이 시계를 들여다보며 서성거리고 있었다. 여자보다 먼저 약속 장소에 나와 있어야 하는 예의를 저버린 남자에 대한 실망감과 함께.

그래도 첫눈이 탐스럽게 내려 그들 마음에 포근한 여유를 주는 듯 얼굴을 찡그리는 여자는 없었다.

서로를 모르는 여자 넷은 한 남자를 두고 설렘과 기다림으로 두근거리기 시작했다. 첫눈 오는 날 만나자는 멋진 제안을 한 남자에 대한 상상을 조금씩 부풀려 가면서.

'분위기를 아는 남자, 여자의 마음을 잘 헤아릴 줄 아는 남자, 당연히 눈을 좋아하는 남자.'

이런 생각에 젖어 시간이 가도 여자들은 그대로 서 있을 수밖에 없었다. 그는 더 이상 지체를 하는 게 큰 죄를 짓는 것 같았다. 그들 앞에 나타나 사과를 하든지 몰래 사라지든지, 둘 중 하나를 서둘러 택해야 했다.

그는 몹시 죄책감을 느꼈다.

자신의 외모가 남다르게 빼어나거나 매력이 넘치는 것도 아니고 매너도 그리 좋은 편이 아닐뿐더러 여자들의 마음을 살만한 특별난 게 없는데, 재미 삼아 던진 말에 다들 약속을 지켰다는 것이 이상했다.

아마도 첫눈 오는 날 만날 남자가 딱히 없기에 재미로 나온 것이라는 생각이 들기는 했다. 어쨌든 여간 미안한 게 아니어서 몸 둘 바를 몰랐다. 어쩌자고 이런 사고를 쳤는지, 성인이 되어서까지도 그 재미라는 것에 꽂힌 자신에게 한숨이 나왔다.

그는 모자를 푹 눌러쓰고 호주머니에 손을 넣고 걸었다. 고양이처럼 조심조심 몸을 잔뜩 웅크리고 분수대와 반대의 길로 재빠르게 사라질 참이었다. 여자들 중 누구 하나가 당장에 쫓아와 뒤

통수를 때릴 것 같았다.

바람을 맞은 여자들에 대한 생각은 끔찍했다. 하필 첫눈 오는 날 여자들에게 평생 잊지 못할 상처를 주었으니 도저히 감당이 안 되었다.

첫눈 오는 날 만나는 여자와는 애인이 되는 것이라고 생각해 왔는데 너무 많은 애인들 앞에서 그는 한없이 오그라드는 기분이 었다.

어느 대학 어느 과에 다니는지 알기에 저들이 크게 노한다면 나중에라도 뺨을 맞을 수 있겠다는 생각에 휩싸였다. 급히 도망가는 꼴로 그는 지하철을 탔다.

그는 전철 좌석에 앉아 겨우 진정을 하면서 돌이켜 보았다. 저들은 모범생이고 자신은 불량 학생, 말이 필요 없었다.

그러나, 오늘은 첫눈 오는 날, 그 첫눈이 자신을 사로잡은 것이라고 스스로 위로를 했다. 죄는 자신에게 있는 게 아니라고 첫눈을 불러 죄를 묻고 싶었다.

그런 생각에 휩싸이다가 그는 갑자기 가슴이 찌르르 해지는 기분이 들었다.

'아! 그렇지. 그 아이, 그 여자아이……' 그는 잊고 있었던 옛일이 떠올랐다. 오늘의 망가진 첫눈에 이어 시간을 더듬어 또 망가진 첫눈의 추억으로……

첫눈이 내리고 있었다. 어린 그는 걷다가 고개를 젖혀 하늘을 쳐다보았고 함박눈이 오면 좋겠다고 생각했다. 눈발이 천천히 빈 들판을 점점이 수놓을 때.

"와! 첫눈이다."

같이 걷던 여자아이가 곧 대꾸를 했다.

"정말 첫눈이네."

어린 그는 무엇이 생각난 듯 말을 이었다.

"내가 선물 줄 게 있어."

여자아이는 눈을 동그랗게 뜨고는 대답했다.

"뭔데?"

어린 그는 쑥스러운 듯 망설이더니 대답을 했다.

"집에 가서 책가방 두고 나와. 저기— 큰 참나무 앞으로 나올 래?"

여자아이는 고개를 갸우뚱하더니 곧 끄덕였다

"한 시간 뒤야."

여자아이가 대답했다.

"알았어."

집이 같은 방향이기에 방과 후 둘이 함께 집에 갈 때가 많았고 그러다 보니 자연스럽게 친해진 것이었다. 시골 풍경 속에서 장난기 많은 초등학생으로 두 아이는 그렇게 다정하게 자라고 있었다.

어린 그의 소원대로 함박눈이 원 없이 쏟아졌고, 가슴은 마구 설레었다. 그리고는 마음이 갑자기 분주해지기 시작했다.

어린 그는 선물을 들고 여자아이와 만나기로 한 참나무 앞으로 갔다. 시간이 좀 지나자 두 갈래로 머리를 땋은 여자아이가 오는 게 보였다. 어린 그는 씽긋 웃었다.

영원히 녹지 않는 첫눈이 그려졌다. 여자아이로부터 첫눈의 향긋한 냄새가 살짝살짝 배어 나오는 것 같았고 새하얀 첫눈의 감동이 어린 그의 가슴에 출렁거리고 있었다.

"빨리 와-"

여자아이는 차가운 공기에 엷게 불그스름해진 얼굴로 대답을 했다.

"알았어."

여자아이가 코앞에 오자 어린 그는 마냥 좋아서 미소를 벙글거렸다.

"야! 함박눈이야."

"나도 눈 좋아하지만 너는 더 좋아하는 것 같아."

"헤헤. 그런가? 난 첫눈을 아주 좋아해."

어린 그는 침을 꼴깍 삼키더니 이어 말했다.

"있잖아, 너 눈 좀 감아볼래? 선물 줄게."

"응? 눈을 감아야 나한테 선물이 생기냐?"

"으응, 그냥 재미나게……"

그러자 여자아이는 눈을 감았다. 여자아이의 손에 종이봉투를 쥐여주면서 어린 그는 말했다.

"이제 눈 떠라."

여자아이는 눈을 뜨고 쇼핑 봉투를 젖혔다. 봉투 안을 보던 여자아이의 표정이 찌푸려지고 있었다. 마침내 손을 넣어 선물이라는 것을 꺼냈고 손에 차가운 느낌이 엉기자 눈을 크게 뜨며 말했다.

"이게 뭐야?"

새끼 강아지 크기만 한 눈사람이었다. 눈은 도토리 알로 박았고 눈썹은 숯으로, 코는 나뭇가지로, 입은 말린 고추를 오려 붙였고 목에는 빨간 리본이 매졌다. 어린 그의 눈에는 너무나 예쁘게 보였기에 자랑스럽게 말했다.

"눈사람이야."

여자아이는 실망한 듯 말했다.

"아니, 이게 무슨 선물이야?"

그 말에 어린 그는 갑자기 힘이 빠졌다.

"왜, 이게 안 예뻐? 네가 꼭 첫눈 같거든? 첫눈으로 만들었으니 이 눈사람은 바로 너야."

그 말에 여자아이는 깜짝 놀라 보니 눈사람을 정성스럽게 만들어 주었다는 것을 알게 되었다.

"예쁘긴 한데—"

여자아이의 표정이 흐려진 것을 알고 어린 그는 기분이 좋지 않았다. 여자아이는 말을 이었다.

"그런데 눈사람은 녹잖아. 그리고 이 눈사람이 나라면 나도 녹는 거잖아. 난 녹는 선물은 갖기 싫거든?"

그 말을 마친 여자아이는 갑자기 훌쩍거리기 시작했다.

어린 그는 너무 놀라 크게 당황했다. 자신의 선물 때문에 여자아이가 좋아하기는커녕 울기까지 하다니 기가 막힌 것이다. 여자아이의 볼에 떨어지는 눈물을 보며 아무 말도 나오지 않았다. 무언가 자신이 크게 잘못했다는 사실을 느끼기는 했지만 이유를 알 수 없었다.

여자아이는 눈물을 닦으며 한 마디를 남기더니 집을 향해 뛰어갔다.

"너는 원래 그렇게 어벙하니?"

어린 그는 텅 빈 들판에 혼자 남겨진 모습이었다. 다만 첫눈이 고요하고도 탐스럽게 내리고 있었고 그 황량함과 풍요로움이 뒤섞인 풍경은 어린 그에게 내내 지워지지 않는 상처로 남겨지게 된 것이다.

여자아이가 다음 해에 가족들과 함께 서울로 이사를 가면서 편지를 하겠다는 말에 약속을 지키지 않았다는 것으로 그 첫눈의 기억을 연결시킬 생각은 없었다.

하지만 그 좋아하는 첫눈이 허물어진 눈사람의 모습으로 자꾸 눈앞에 어른거리는 것이 가슴이 아팠다.

나중에 동네 사람들에게 전해 들은 여자아이의 소식은 어린 그의 마음을 매우 아프게 했다.

여자아이가 신장이 좋지 않아서 치료를 위해 서울로 이사를 갔다는 사실을 알게 되었다. 다행인지 불행인지 자신의 눈사람 선물이 푸대접을 받은 이유도 밝혀진 것이었다.

어린 그는 가슴이 너무 아팠다. 그런 줄 알았으면 눈사람 선물 대신 영원히 간직할 수 있는 선물을 했을 텐데, 아쉬움이 너무 컸다.

정말로 자신이 몸이 아픈 여자아이에게 돌이킬 수 없는 못된 짓을 한 것 같았다. 언젠가 다시 만날 수 있다면 위로와 사과를 하고 싶었다.

단지 크고 어벙한 자신의 눈과는 아주 대조적인 오목하고 야무진 그 아이의 초롱초롱한 눈만이 지치도록 오래 그의 가슴에 남아 있었던 것이었다. 그러나 이후 여자아이의 소식은 어디에서도 들리지 않았다.

"충성"

자신에게 거수경례를 하는 남자를 보고 여자는 깔깔거리면서 대답을 했다.

"좋아요. 좋아."

그는 얼굴에 가득 웃음기를 풍기며 말했다.

"빨리 면회 왔네. 일찍 떠났나 봐."

여자는 눈망울을 빛내며 대답했다.

"응 좀……"

그는 여자의 손을 잡고 말했다.

"고마워."

"군대 간 남자 친구를 찾아오는 기분이 괜찮았어."

그리고 창밖을 보며 말을 이었다.

"와! 지금 첫눈이 오네."

그는 고개를 끄덕이며 말했다.

"첫눈이라면 진저리 안 나?"

"호호호. 작년 이맘때? 뭐, 죽었다가 다시 살아난 거지."

그는 진심으로 미안해서 고개를 떨구었다.

"죽게 해서 미안. 하필 오늘 첫눈이 와서 다시 죄인이 되게 하네."

"작년의 불쾌했던 일에도 난 첫눈이 좋으니…… 자기도 그렇지 않아?"

그는 킥킥거리며 말을 이었다.

"우리는 첫눈과 인연이 있나 봐."

두 사람은 부대를 나와 버스 정류장으로 향했다. 첫눈이 첫눈답지 않게 점점 굵어지고 있었고 그는 작년의 첫눈 오던 날을 떠올렸다.

집으로 가면서 아무래도 뒤끝이 켕기는 게 그런 잘못을 저지른 자신이 여간 못마땅한 게 아니었다. 순결하고 아름다운 첫눈에 대한 모독이 아닌가라는 생각에 이르렀을 때 그는 생각을 모았다.

그래서 네 사람에게 똑같은 메시지를 보냈다. 메시지를 보고 자신을 용서할 여자가 하나도 없으리라고 생각했지만 자신이 저지른 물탕을 얼마간이라도 닦아 보려 한 나름대로의 수작이었다.

'오늘 참 미안하게 되었습니다. 미안 정도가 아니라 불행하게 한 것 같군요. 변명 같지만 뜻밖의 급한 일이 생겨서 나올 수 없었습니다. 첫눈 오는 날 만나 멋진 추억을 남기려 했는데 본의 아니게 모든 게 헝클어졌네요. 용서가 되진 않겠지만 틈틈이 저를 용서해 주신다면 평생을 고맙게 생각하며 착하게 살겠습니다.

첫눈의 축복이 평생 함께 하기를 빕니다.'

그는 지난 일을 떠올리다가 가볍게 한숨이 나왔다.

"자기, 무슨 생각에 빠져 있는 것 같아."

"작년의 그 첫눈 오던 날……"

여자는 웃음을 터트리며 말을 받았다.

"근데, 원래 그렇게 어벙해?"

그는 금세 귓불이 빨개지면서 대답을 했다.

"아마도……"

여자는 크게 웃음을 터뜨렸다.

"하하하. 어린 장난꾸러기 같아."

"그런가?"

"응. 자기 어렸을 때 장난 많이 쳤을 것 같아. 맞지?"

그는 싱긋 웃더니 대답했다.

"아니 뭐 장난이라기보다 재미있는 걸 찾아다니는 걸 좋아했지."

"그게 그거지 뭐. 난 어렸을 때 짓궂게 장난을 치는 그런 아이는 가만히 놔두지 않았어."

그는 뜨악해서 여자를 쳐다보았다.

"그래서 때려 주었나?"

"호호호. 때렸다기보다 나도 골탕을 먹였으니까."

"하하하. 내가 여장부를 만났네."

"호호호. 그러니 나한테 허튼짓하면 안 되겠지?"

"알아 모실게."

그는 잠시 말이 없었고 그런 분위기가 이상해서 여자가 곧 말을 건넸다.

"왜 그래? 내가 왈가닥이라 실망한 거야?"

그는 자신의 어릴 적 아픈 첫사랑을 떠올리며 꿈에서 깨어난 듯 말을 이었다.

"아니 그게 아니라 우리가 어렸을 때 만났더라면 어땠을까 하는 생각이 스치고 지나갔어."

여자는 놀란 듯했다.

"무슨 그런 생각까지 한 거야?"

"그랬으면 더 좋지 않았을까 하는 생각이 든 거지. 히힛. 말하자면 두 장난꾸러기의 즐겁고 유쾌한 어린 시절, 뭐 이런 거……"

"호호호. 어린 때로 돌아가고 싶은가 보네."

그는 자신을 용서한 단 하나의 여자를 사랑스럽게 바라보았다. 여자 또한 그런 그의 눈빛을 즐겁게 받아들이고 있었다.

"우리 오늘 작년에 뭉개진 첫눈을 맘껏 즐기자. 어딜 가서 스키를 타고 싶어 할 것 같은데……"

여자는 스키라는 말에 눈이 번쩍 떠졌다.

"그렇긴 한데, 제대한 후 타러 가도 돼. 그리고 요즘은 전처럼 그렇게 스포츠에 열광하진 않아."

"그래. 제대하면 실컷 타러 가자. 근데 웬일이야 스포츠에 싫증이 난 건가?"

"아니, 그런 건 아니고…… 그런 게 원래 한때의 열정일 경우가 많지 뭐."

그는 고개를 끄덕거렸다. 여자는 자신에게 남자 친구가 생긴 뒤부터 점차 변해가는 자신의 모습을 인정하고 싶었다. 여자는 첫눈 오던 날 자신을 바람맞힌 그를 용서했을 뿐 아니라 자신을 택한 일을 두고 기분이 꽤 우쭐해지는 것이었다.

그는 자신의 감성적인 면을 드러내듯 말했다.

"오늘 눈 맞으며 우리 실컷 걷자. 봐! 이렇게 세상이 멋지게 변했잖아."

"좋아."

그는 눈을 깜박이며 말을 이었다.

"근데 오늘 뭐라도 재미있는 거 해보자. 첫눈의 멋진 기억을 남기게 말이야."

"어쩜 나도 그런 생각을 했어. 그거야말로 내가 바라는 거지."

"근데 뭘 하지?"

"글쎄……"

"눈을 맞으며 할 수 있는 거……"

여자는 잠시 있더니 생각이 난 듯 자신 있게 말했다.

"번지 점프 어때?"

"야, 그게 좋겠다. 오래간만에…… 생각만 해도 신나네. 하하하."

그는 여자의 야무지고 오목한 눈을 그윽하게 바라보았다. 눈발이 점점 굵어지고 있었다. 그들은 눈을 바라보며 둘의 발자국이 앞으로 멋진 길을 나란히 밟을 것이라고 확신했다.

서른아홉의 등불

"어딜 갔다 이제 와요?"

툇마루에 앉아 있던 젊은 남자의 말에 여자는 대답을 했다.

"기다렸나 봐요."

"이렇게 눈이 많이 오는데 어딜 그렇게……"

"휴– 돌아다니느라고요."

여자는 밝음과 어두움이 교차하는 표정으로 말을 이었다.

"아, 네. 가보고 싶은 데를 마음껏 돌아다녔어요. 그런 다음 엄마를 만났어요."

"그래서 기분이 좋아졌겠네요?"

"기분이 좋은 것보다는 아쉬운 마음이 커요."

남자는 곧 말을 받았다.

"아무래도 그렇겠지요."

"그런데 친구는 엄마한테 안 갔어요?"

남자는 기운 없는 소리로 대답했다.

"갔다 왔어요. 그렇지만 가면 뭘 해요. 엄마 얼굴이나 보고 온 거지, 말이 통해야 말이지요."

여자는 고개를 끄덕거리며 맞장구를 쳤다.

"우리 엄마도 그렇지요 뭐. 아무리 곁에 다가가 흔들어도 나를 알아보지 못하시니……"

남자가 슬픈 노래를 조근 거리듯 말했다.

"우리는 외로운 떠돌이……"

여자는 목소리를 한번 가다듬더니 낮은 소리로 차분하게 말을 꺼냈다.

"눈이 오면 늘 즐겁게 걷던 길을 나비처럼 사뿐히 다녔어요. 그냥 좋았지요 뭐. 아무 말이 필요 없을 만큼요. 눈이 오는 도심을 공중에서 바라보는 감회도 그만이었어요. 지난 때 내가 속해 있던 흔적들을 돌아보는 느낌이 들었어요. 아주 작아지고 멀어진 삶의 바닥도 보였어요. 다시는 돌아갈 수 없는…… 그리고 엄마한테 가서 마지막 인사를 했어요. 엄마의 홀쭉한 뺨에 내 입술을 대고는 속삭였어요. '사랑해요 엄마 사랑해요.' 엄마의 볼을 비비며 나는 엄마를 안았어요. 엄마의 몸이 날개였으면 하는 생각이 한순간 들더라고요. 같이 손잡고 하늘나라에 갔으면 했지요. 내가 그렇게 사랑하는 엄마와 마지막을 나누면서 내가 엄마에게 해 줄 수 있는 게 하나도 없다는 것이 슬펐어요. 엄마의 눈물을 닦아 줄 그 어떤 손수건도 없으니까요."

젊은 남자는 여자의 두 손을 꼭 잡으며 자신의 따스한 온기를 나누어 주려 했다.

"어쩔 수 없는 일이지요. 그러나 너무 안타깝고 슬퍼하지 마세요. 어머니는 죽은 딸의 심정을 누구보다 잘 알고 있을 테니까요."

여자는 흐르는 눈물을 닦으며 마음을 가라앉혔다. 둘은 시간이 가는 줄도 모르고 앉아서 눈 오는 모습을 지켜보고 있었다. 그리고는 눈과 더불어 아름답게 이 세상에서의 마지막 날을 가슴에 담기 시작했다.

그녀는 이곳 황토 집에 와서 지낸 일 년의 시간을 떠올렸다. 서울에서 태어나 자연이라는 것을 변변히 모르고 살다가 병이 들어 휴양 차 오게 된 이곳이 너무나 좋아서 병도 다 날아가 버릴 것 같았다.

무엇보다 암 선고를 받고 갈 데까지 가서 물리적인 치료는 더 이상 기댈 수가 없었는데 여기 와서 희미하게나마 희망을 걸었던 것이었다.

산이 코앞에 있고 어딜 보나 나무들이 친구처럼 다정하게 다가오는 곳이었다. 황토 집의 꽤 넓은 마당에는 나무와 꽃들이 아쉽지 않을 만큼 제자리에 보기 좋게 차려져 있었다. 그들이 자연의 쾌활한 건강함과 순순한 즐거움으로 다가오기에 살아온 그 어느 때보다 여자는 충만했고 행복했다.

그런 마음의 엔도르핀이 암을 낫게 할 수도 있다고 여자는 생각을 했고 자연 치유를 믿으며 지내왔다.

그러나 그러한 믿음과 노력에도 불구하고 여자의 몸은 꾸준히 스스로를 파먹고 갉아먹고 있었다.

여자는 그날의 처량하고도 우스꽝스러운 제 모습을 떠올렸다. 변기에 쪼그리고 앉아 꿈을 꾸듯이 지상에 남은 마지막 한 페이지를 넘겼던 그날의 그 놀랍고도 받아들일 수 없는 정경을.

무언가 고상하고 품위 있는 마지막 장면을 연출하지는 못할망정 참으로 하찮은 장소에서 생을 달리했다는 것은 그녀에게 큰 충격과 고통으로 남게 되었다.

그러니까 밑도 닦지 못하고 남에게 자신의 용변을 보여준 것이었다.

자신이 세상을 떠났다는 슬픔보다는 갑자기 아무런 준비도 없이 그런 장소에서 더럽고 불쾌한 뒤끝을 남기고 세상의 마지막을 점찍었다는 일은 그녀를 더없이 우울하게 만들었다.

자신의 못마땅하고 비참한 마지막으로 해서 열심히 살아온 한 평생이 다 한꺼번에 가위표가 쳐지는 것 같았다.

그런 현실에 대한 안타까움과 미련이 그녀의 마음을 황토 집에서 떠나지 못하게 하는 것이라 그녀는 생각했다.

어느 날 그 변기의 주인공이 새로 왔다. 중년 남자였고 겉보기에는 그리 아파 보이지 않았다. 대장암에 걸린 남자는 금방 변기와 친해졌다.

그녀는 남자의 모든 것이 궁금해졌고 얼마 지나지 않아 그 빈칸을 채울 수 있었다. 남자는 사회에서 꽤 성실하고 안정적으로 살아온 사람이라는 것과 아내와 애들이 있어서 아직도 어깨가 무거운 처지에 병이 들어 무엇보다 마음의 고통이 크다는 것을 알게 되었다.

혼자라면 제 몸만 챙기면 될 일을 환자의 고통까지 식구들의 몫이라는 게 얼마나 힘든 입장인지 그녀는 절절하게 느꼈다.

그의 아내는 주말에 와서 주로 반찬을 해 놓고 하룻밤을 자고 갔다. 솜씨가 좋은 그의 아내는 반찬을 옆방에 나누어 주거나 간식 같은 것을 나누는 등 마음 씀씀이가 고왔다. 남자는 평소에 자신의 집 청소를 하거나 공동으로 쓰는 마당까지 빗자루질을 하는 등 부지런한 사람이었다. 여자는 그런 부부가 아주 마음에 들었다.

여자는 그 병든 남자가 자기처럼 죽어서는 안 된다고 생각했다. 그녀는 남자가 꼭 병을 털고 일어나기를 간절히 바랐다. 종교가 없어 제대로 된 기도라는 걸 해 본 적이 없었지만 자신의 지극한 마음이 전지전능한 신과 닿을 수 있음을 믿을 수밖에 없었다.

남자가 변기 위에서 자신의 고통과 싸우고 있는 것을 지켜보았다. 그의 고뇌의 자리에서는 싱싱한 풀 한 포기도 나지 않았지만 변기에 앉아 있는 그를 보면서 그녀는 힘차게 응원을 했다.

남자가 언젠가는 병이 나아 이곳을 벗어나기를 바라고 바랐다. 다시는 자기 같은 일이 생겨서는 안 된다고 마음을 굳히며 신을 불러 마음을 다해 기도를 올렸다.

'신이 있다면 저의 소원을 들어주소서. 제가 살아온 서른아홉의 생을 다 바쳐 빕니다. 저 남자의 병이 나아 부디 가족들의 품으로 하루빨리 돌아가기를 빕니다.

제가 살아온 서른아홉의 시간은 너무나 헛되지만 지금부터 제가 기도하는 이 시간이야말로 그 어느 때보다 귀한 날들이 되리라 생각합니다. 왜냐하면 저는 남을 위해서 한 번도 기도를 해 본 적이 없기 때문입니다.

어차피 세상에서 살 수 없게 된 제가 할 수 있는 마지막 일입니다. 저의 간절한 마음을 들어주시기를 빕니다. 저의 처음이자 마지막 기원을 눈여겨 보아주세요. 부디 제 소원을 들어주세요.'

그녀가 기도를 하면서도 매일 자신의 엄마를 찾아가는 건 당연한 일과였으며 엄마를 만나고 올 때마다 똑같은 슬픔을 안고 와야 했다.

매번 그녀의 엄마는 시들어 가는 누런 나뭇잎 모양새였다. 그 누런 나뭇잎이 간신히 펄렁거릴 때면 겨우 살아 있음을 느끼곤 했다.

"아이고 딸아. 이제 내가 너 없이 어떻게 살겠냐. 어떻게 그렇게 젊은 나이에 간다는 말이냐. 더구나 결혼도 해 보지 못하고……"

여자는 그 말에 가슴이 미어져 눈물을 흘리며 속삭이듯 엄마의 귀에다 위로의 말을 닥닥 긁어 털어 넣었다.

'엄마, 저 왔어요. 엄마 너무 슬퍼하지 마세요. 그리고 결혼은 안 해서 더 나은 거지요. 결혼했으면 가족들 때문에 제가 얼마나 더 많이 슬프고 힘이 들었겠어요. 누구나 죽잖아요. 남들보다 좀 일찍 가는 건데요, 엄마 나중에 하늘나라에서 만나면 되잖아요. 엄마 이제 진정하세요.'

그녀는 수척해진 자신의 엄마를 보며 가슴이 갈래갈래 헤지는 것 같았고 매번 이런 넋두리를 자신의 엄마 앞에다 쏟아 놓고 돌아오곤 했다.

어느 날 보니 황토 방 남자가 건강이 좋아지고 있다는 것을 그녀는 알 수 있었다. 변기에 앉는 횟수도 줄었고 무엇보다 얼굴색이 밝아졌다.

그녀는 하루의 거의 대부분 기도를 하며 보냈다. 우연의 일인지 그녀의 기도발 덕분인지 남자는 마침내 오랜 그늘에 햇빛이 한꺼번에 쏟아지듯 어두운 자리를 털고 당당하게 일어났다.

변기에 앉아서 고뇌하던 시간은 나쁜 시간의 찌꺼기로 남았을 뿐이었다.

승리자의 표정으로 남자는 앞으로 남은 생에 대해 자신감을 얻은 것처럼 보였다. 그녀는 너무나 감격했고 크게 박수를 쳐 주었다. 마치 자신이 병을 털고 개운해진 것처럼 무겁게 눌려있던 마음이 주름 하나 없이 펴졌다.

그가 가족들의 품으로 돌아간 날 그녀는 남자에게 마지막 인사를 했다.

'다시는 여기 오지 마세요. 늘 건강하고 행복하세요. 덕분에 저도 마음의 치유가 된 것 같아요.'

그녀는 남자가 떠난 변기를 둘러보았다. 정물화처럼 곱게 앉아 있는 변기를 바라보며 누구든 품위 있게 살 권리가 있음을 떠올렸다. 건강하다는 것은 무엇보다 품위 있게 사는 일이라는 것을 알게 되었다.

그렇게 살지 못해 품위 있는 죽음을 맞이하지 못했지만 그건 자신의 의지와 아무 상관이 없는 몸의 심통일 뿐이라는 생각도 들었다. 중요한 것은 살아 있음의 축복을 누리는 일, 그것은 건강이 우선 되어야 하는 일이라는 것을 느꼈다.

변기의 남자 주인공이 구차스러운 변기를 떠나 건강한 품위를

유지하면서 살게 될 것이라고 확신하자 그녀의 눈에서 뜨거운 눈물이 흘러나왔다.

그녀는 병을 털고 일어난 남자로부터 보상을 받는 기분이 들었다. 열심히 살아왔던 자신의 삶이 온통 잘못 살아온 것 같다는 느낌이 사라져버린 것이었다.

이상하고도 우울한 자신의 마지막을 말끔히 털어버리게 되어 무엇보다 기뻤다. 제 영혼을 바친 남을 위한 기도로 스스로를 용서할 수 있게 된 것 같았다.

어쩌면 자신에게 숨어 있는 마음의 고결함이 아름답게 빛을 발한 것이 아니었는지, 그런 생각에 도달하는 순간 그녀는 지상에서의 할 일을 다 마친 기분이 들었다.

젊은 남자는 여자를 부드럽게 바라보며 말을 꺼냈다.

"무얼 골똘히 생각하는 것 같아요."

"으응, 여기 와서의 일을 더듬어 보았어요."

"비참한 생각이 들지 않나요? 말하자면 패배자 같은 그런 느낌 말이지요."

"아, 물론 제가 병을 털지 못한 것은 그렇지만……"

"그것 말고 뭐가 더 있나 보지요?"

여자는 굳이 말하고 싶지 않았지만 그렇다고 숨길 이유가 없었다.

"전 사실 몇 달 전에 죽었어요. 죽고 보니 제가 살아왔던 시간이 너무 허망했어요. 무엇을 위해서 이때까지 달려왔는지 모르겠어요. 남은 게 하나도 없다는 생각이 들었어요.

그러다가 제 방의 다음 임자가 왔을 때 머릿속에서 무슨 불꽃같은 게 번쩍 일어났어요. 태어나서 처음으로 남을 위한 일을 하기로 한 거예요.

그래서 병든 남자를 위해 기도를 해야겠다고 생각했어요. 정말 열심히 그 병든 남자를 위해 제 마음을 다 모았어요.

아휴, 다행히 그 남자가 병이 나아 얼마 전에 집으로 갔어요. 제 기도 덕이라는 생각을 안 할 수가 없었지요. 정말 열심히 그 남자를 위해서 기도를 했으니까요. 결과가 좋으니 제 허전했던 마음이 무언가로 채워지는 기분이 드네요."

젊은 남자는 여자를 새롭게 바라보며 말했다.

"아, 그런 일이 있었군요. 참 잘 하셨어요. 마무리를 너무 잘 했네요. 저야말로 무엇을 위해 살아왔는지 모르겠어요. 더구나 남을 위한 일은 한 번도 해 본 적이 없네요."

그녀는 젊은 남자를 보며 해맑게 웃었다. 그리고 얼마 전의 그 날을 떠올리며 또 한 번 미소를 지었다.

그날 그녀는 방에서 나와 툇마루에 앉아서 참 외롭다는 느낌에 젖어 있어 있었다. 겨울 공기가 차갑게 그녀의 뺨에 머무르고 있을 때 컴컴한 마당에서 누군가의 말소리가 들렸다.

"안녕하세요?"

아무것도 보이지 않는데 소리만 들리는 허공에다 그녀는 제 말머리를 간신히 들이댔다.

"누구, 누구세요? 여기에 누가 있나요?"

"저, 저, 당신과 같은 처지인 존재입니다."

그녀는 눈을 크게 뜨고 허공을 보았다. 찬바람이 허공에 금을 긋는다고 생각할 때 그녀의 앞에 웬 젊은 남자가 보였다.

"네? 아, 네. 어떻게 여길……"

"지나가다가 눈에 들어왔습니다."

좀 마른 젊은 남자였다. 남자의 잔잔한 말소리로 보아 아주 착한 눈을 지녔을 것이라고 여자는 생각했다.

"그래요? 이 근처에 살았나 봐요?"

젊은 남자는 미소를 지었다.

"네. 맞은편 언덕에 있는 황토 집에서 지내왔어요."

여자는 자신의 휑한 그늘로 갑자기 다가온 젊은 남자가 매우 반가웠다.

"여기서 누군가를 만나게 될 줄은 몰랐어요."

"저도 마찬가지입니다. 하하하. 아마도 우리가 너무 외롭고 추워서 따뜻한 친구가 필요했나 봐요."

여자는 가슴이 따뜻해지는 기분이 들었다.

"호호호. 그럴 수도 있겠네요. 그런데 나이가 저보다 한참 젊어 보여요."

"네, 아직 이십 대지요. 불행하게도 이렇게 되었습니다. 살아서 변변히 한 것도 없는데 가족들에게 슬픔만 주고 떠나 가슴이 많이 아픕니다."

여자는 자신보다도 젊은 남자의 처지가 더 딱해 보였다.

"어쩌겠어요. 죽음을 받아들여야 하는 일만 남았는데요."

젊은 남자는 다 체념한 듯 말을 힘없이 흘렸다.

"죽어 보니 살아서의 모든 일이 다 허망하게 느껴져요. 그리고 이 세상과 하직하는 일이 쉽지 않네요. 생의 애착이 남아 있어서 그렇겠지요. 무섭기도 하고요. 그런데 이렇게 같이 동행을 할 친구가 생긴 것 같아 좋군요."

"아, 네, 저야말로 죽음의 세계로 가는 일이 너무 두려운데 잘 됐네요."

젊은 남자는 확신에 차서 유쾌하게 말했다.

"저도 이제는 두렵지 않을 것 같아요. 당연히 춥지도 않겠지요."

여자는 젊은 남자를 바라보며 미소가 절로 나왔다. 아주 따뜻한 공기가 주위로 몰려온 것 같았다.

그리고는 젊은 남자에게 말할 수 없을 정도로 고마움을 느꼈다. 어쩌면 보이지 않는 누군가가 젊은 남자를 자신에게 보낸 것 같은 생각도 들었다.

200

자신을 도와주는 영적인 존재를 잠시 떠올렸다. 언젠가 책에서 읽었던 그 수호의……

그러나 거기까지 지금 이어간다는 것은 별 의미가 없었다. 그런 영적인 데에 평소에 관심이 있었던 것도 아니었기에 그런 생각이 든다 해도 허튼 데로 흘러갈 뿐이었다.

젊은 남자는 여자에게 재촉하듯 말했다.

"언제 갈래요?"

여자는 잠시 생각에 잠기더니 말했다.

"좀 일이 있어서요. 그때까지 기다릴 수 있나요?"

"하하하. 제가 뭐 바쁜 게 있나요?"

"기왕이면 눈이 오는 날 가면 좋겠어요. 지상의 마지막을 아름답게 기억하고 싶거든요."

"아주 낭만적인 분이네요. 저도 눈을 좋아합니다."

그녀는 그 젊은 남자로 인해 마음이 더없이 든든해졌다. 평생 끌고 다녔던 외로움이 사라지는 느낌마저 들었다.

'이제야 소울 메이트가 나타난 건가? 살아서는 찾아오지 않았던 행운이 죽어서야 오다니……' 말을 굳이 하지 않아도 왠지 이 젊은 남자의 마음이 그대로 느껴져 자신과 마음이 통한다는 느낌이 들었다. 영혼들에게 나이는 아무 상관이 없었다.

말이 오히려 귀찮게 느껴질 만큼 젊은 남자와 정신적으로 밀착돼 있는 기분이 들었다. 처음으로 그것도 낯선 젊은 남자와의 끈

끈한 마음의 교류라는 게 이상하게 느껴지기도 했다.

자신의 마지막을 따뜻하게 품어 줄 사람의 갑작스러운 등장으로 스스로를 잘 살아왔다고 만점을 주고 싶어졌다.

친구이며 동행자인 젊은 남자가 자랑스러워 여자는 신바람이 나서 자신의 엄마한테 가서 이야기를 쏟아 내곤 했다. 살아서 그런 이야기를 들려주지 못한 보상이라도 하듯 자신의 엄마를 위로하고 싶었다.

허공에서 눈이 하늘의 말을 들려주는 듯 나직나직 속삭이는 것 같았다. 젊은 남자와 여자는 눈 풍경 속에서 그 말을 듣고 있다고 생각했다.

세상에서 가장 아름답고 포근한 말은 눈의 모음이라고 그들은 고개를 끄덕거렸다. 자신들이 가야 할 하늘이 가까워진 것이라고. 여자가 침묵을 헤치며 말을 꺼냈다.

"참 아름다워요."

"그렇지요."

"너무 아름다워서 순간 떠나고 싶지 않다고 생각했어요."

"그럼 떠나지 말까요?"

여자는 깜짝 놀라 젊은 남자를 바라보았다.

"그러고도 싶어요. 무엇보다 가여운 엄마를 떠나야 하니 슬퍼요. 그러나 엄마에게 다가가도 알아보지 못하니 이렇게 떠도는 게 무슨 의미가 있겠어요."

"그렇지요? 그냥 농담이에요. 하하하. 그리고 저는 하느님을 믿고 있어요. 대단한 신앙심이 있는 건 아니지만 죽으면 하느님이 계시는 천국으로 간다는 생각은 줄곧 가지고 있었어요. 여기보다 훨씬 평화롭고 행복한 곳이지요."

"아, 그러네요. 좋겠어요. 저는 종교가 없어요. 그러나 지구에서 영원히 혼만 떠도는 것은 사후의 일치고는 별로 좋은 게 아니라는 생각이 들어요."

"네. 맞아요. 사람들 틈에 끼어 몸이 없이 맴도는 일은 영혼을 갉아먹는 일이지요. 우리는 저 높은 하늘로 가야 해요."

여자는 고개를 끄덕였다. 젊은 남자의 믿음이 부러워졌고 그런 마음에 순간 동화가 되는 느낌이 들었다.

젊은 남자는 여자의 속눈썹 위에 내린 눈송이를 보며 그 모습이 참 아름답다고 생각했다. 여자가 눈물을 머금고 있는 것처럼 보였다.

그러나 이내 투명하고 아름다운 보석이 온 힘을 다해 지상에다 마지막 빛을 남기려고 애를 쓰고 있다는 생각에 이르렀다. 남자가 말했다.

"눈이 하늘에서 오니 저기 먼 하늘은 얼마나 더 아름다울까요?"

"호호호. 그러네요."

젊은 남자가 여자에게 자신의 진심을 털어놓았다.

"고마워요. 너무나……"

"저야말로 고마워요. 무섭지도 춥지도 않네요."

눈발이 여자의 손등에 내려앉아 무언가를 쓰다가 녹는 것이라고 생각하자 여자는 의미 있는 미소를 지었다.

"눈이 재촉하는 것 같아요."

그것을 바라보며 젊은 남자는 싱긋 웃는 것으로 답을 했다. 그들은 더 이상 미룰 이유가 없다고 생각했다.

젊은 남자가 여자의 손을 잡았다. 따뜻한 감촉이 서로의 가슴에서 파동쳤다. 외롭고 두렵고 추운 길이 아니었다. 둘은 눈 내리는 허공으로 점프를 하듯 들어갔고 허공이 너무 포근해서 두 사람은 눈물이 핑 돌았다.

"우리 어디까지 가는 건가요."

젊은 남자는 여자를 잡은 손에 힘을 주며 큰 소리로 말을 했다.

"높이높이 올라갑시다. 도중에 무서워하지만 않으면 저 멀리 천국에도 갈 수 있을 거예요."

여자는 대답 대신 남자의 손을 더욱 굳게 잡았다. 여자는 날개가 펼쳐지는 느낌이 들었으나 마음의 가벼움이라고 생각하고 싶었다. 그리고는 무수히 날리는 하얀 눈송이 하나로 스며들고 있었다.

작가의 말

  내린 눈 위로 거듭 쌓이는 마당은 하얀 빛의 놀이터였다. 겨우내 포
근하고 재미난 놀이터에서 어린 소녀는 즐겁게 눈사람을 만들었고
봄이 오기까지 뚱뚱한 눈사람은 한 가족이 되었다. 하얀 빛의 놀이터
에는 꿈과 상상이 단번에 하늘에서 미끄럼을 타고 내려오는 사다리
도 있었다. 어린 소녀의 마음 안에는 부드럽고 행복한 알맹이들로 가
득 찼다. 눈송이들이 그렇게 따뜻하게 속삭였다. 그러다가 이른 봄,
마당 구석구석의 잔설들은 아쉬워하는 어린 소녀를 달래 주곤 했다.

  눈을 소재(배경)로 한 열 개의 단편 소설들은 눈의 고향으로 가는
짤막한 여정이다. 그것은 눈의 근원을 찾는 마음의 움직임이라고 할
수 있다. 눈의 속성인 소멸, 순수, 정감의 분위기, 풍요로움, 유년의
추억, 동화적 정서, 몽환의 가능성 등을 이야기하려 했다.
  그중 두드러진 정서는 소멸로서 사라짐과 죽음을 의미한다. 소설
곳곳에서 드러난 소멸과 사라짐의 풍경에는 슬픔과 허망함이 녹아
있다. 그러나 눈이 그러하듯이 인간의 소멸과 사라짐도 아름다움으
로 승화될 수 있다는 생각에 이끌려 궁극적으로는 슬픔을 정화하려
는 끈을 놓치지 않으려 했다.

몽환적 이미지는 눈의 가장 매력적인 정서라고 생각한다. 판타지가 가능한 이유이다. 우리의 메마른 마음이 마음껏 가상 현실의 세계로 들어가는 풍요로움을 느낄 수 있다고 믿기에.

오래전부터 도심에서는 겨울에 눈이 아주 드물다. 눈 없이 메마르고 추운 겨울, 그와 함께 잊혀 가는 정서에 대한 갈증도 생겨나게 되었다. 겨우내 고작 몇 번 눈 오는 날은 축제가 벌어지는 기분마저 든다.

나무들도 벌서고 있는 듯한 겨울에 먼 하늘에서 내려오는 셀 수 없이 많은 행복의 입자들을 떠올리며 눈의 서정적 이미지 속으로 독자들을 초대할 수 있기를 바라본다. 또한 글에 깃든 마음의 움직임을 따라가는 일에 의미와 즐거움이 더해지기를.

하얀 빛의 놀이터도 어린 소녀도 사라진 밋밋하고 서글픈 눈의 오늘로 그가 오고 있다.

2022년 겨울
양수덕

눈 숲으로의 초대

초판 1쇄 발행 2022년 11월 30일

지은이 양수덕
펴낸이 이재무
기획위원 김춘식, 유성호, 이형권, 임지연, 홍용희
책임편집 박예솔
디자인 이라희

펴낸곳 (주)천년의시작
등록번호 제301-2012-033호
등록일자 2006년 1월 10일
주소 (03132) 서울시 종로구 삼일대로32길 36 운현신화타워 502호
전화 02-723-8668
팩스 02-723-8630
블로그 blog.naver.com/poemsijak
이메일 poemsijak@hanmail.net

ISBN 978-89-6021-682-2 (03810)
값 14,000원